U0591505

中山出版
ZHONGSHAN PUBLISHING
香山承文脉 好书读百年

龙腾伶仃洋

深中通道建设纪实

李春雷 ◎ 著

SPM 南方传媒 广东人民出版社

·广州·

图书在版编目（CIP）数据

龙腾伶仃洋：深中通道建设纪实 / 李春雷著. —广州：广东人民出版社，2024.5

ISBN 978-7-218-16293-5

Ⅰ. ①龙…　Ⅱ. ①李…　Ⅲ. ①纪实文学—中国—当代　Ⅳ. ①I25

中国国家版本馆CIP数据核字（2024）第095728号

LONGTENG LINGDINGYANG
——SHEN-ZHONG TONGDAO JIANSHE JISHI

龙腾伶仃洋
——深中通道建设纪实

李春雷　著

版权所有　翻印必究

出 版 人：肖风华

策划编辑：王　忠
责任编辑：吴锐琼　吕斯敏　吴嘉文
封面设计：肖　伟　王永红
版式设计：陈宝玉
责任技编：吴彦斌
封面题字：骆培华

统　　筹：广东人民出版社中山出版有限公司
执　　行：王　忠
地　　址：广东省中山市中山五路 1 号中山日报社 13 楼（邮政编码：528403）
电　　话：（0760）89882926　（0760）89882925

出版发行：广东人民出版社
地　　址：广东省广州市越秀区大沙头四马路10号（邮政编码：510199）
电　　话：（020）85716809（总编室）
传　　真：（020）83289585
网　　址：http://www.gdpph.com
印　　刷：广东鹏腾宇文化创新有限公司
开　　本：787mm×1092mm　　1/16
印　　张：15.25　　　字　　数：169千
版　　次：2024年5月第1版
印　　次：2024年5月第1次印刷
定　　价：68.00元

如发现印装质量问题，影响阅读，请与出版社（0760-89882925）联系调换。
售书热线：0760-89882925

代序：新时代的雕塑

○李晓东

星空璀璨，归功于发光的每一颗星。

大海浩瀚，来源于汇聚的每一滴水。

深中通道，从人们开始谋划的那一刻起，就注定会引起世人瞩目，因为它的位置实在特殊。在珠江口的东岸与西岸之间，它恰如一条蓬勃的主动脉，穿越地理阻隔，融通和激发了粤港澳大湾区蕴含的强大活力。

科学地说，深中通道是广东省境内连接深圳、中山以及广州南沙区的一座大桥。它全长24千米，其中有6.8千米长的沉管隧道；它是国家高速公路网深圳至岑溪高速公路的重要组成部分；是世界级"桥、岛、隧、水下互通"集群工程，为国家"十三五"重大工程和国家发展改革委《珠江三角洲地区改革发展规划纲要（2008—2020年）》确定建设的重大交通基础设施。项目于2015年底获国家发展改革委批复"许可"；2016年12月28日开工建设；2021年11月24日，深中通道中山大桥首片重达490吨的钢箱梁完成安装。全线计划在2024年6月通车。

然而，再重要的工程，若没有一个个建设者在背后默默奉献，也只能是海市蜃楼。这些建设者，是成就这一切的孺子牛、拓荒牛、老黄牛。一个国家、一个民族的崛起，正是因为有了这些甘愿俯首的孺子牛，有了这些甘愿在风雨中筚路蓝缕、砥砺前行的建设者，才得以冲破重重阻碍、迎来春暖花开，才得以见到七色彩虹、品尝到果实的香甜。

深中通道的建设过程，便如是。

对普通人而言，这一超级通道的诞生，就是一个伟大奇迹的创造过程。它像是造物主在伶仃洋上演的一场超级魔术。它朦朦胧胧，蒙着神秘的面纱，却又真真实实地矗立在茫茫碧波之上。这不是魔术，却又胜似魔术。

其实，世上哪里有什么会施魔法的造物主啊。若是有，也是那些朴实得如同你我左邻右舍般的建设者。

而这些建设者的故事，更像是汽车发动机里的燃油。我们都能看得到奔驰的车辆，感受到发动机的澎湃动力，却看不到发动机里的剧烈爆燃。这些建设者们的每一滴汗水、每一滴心血，都是深中通道的能源，而记录他们的故事，最有效、最直接、最能反映人物内心驱动力的方式，是文字，是纪实文学。

讴歌劳动者，书写建设者，记录新时代，是纪实文学的重要责任、重要使命。

而这一过程，不仅考验作者的文学造诣，更考验作者的文学初心。本书作者直达深中通道各个建设现场，通过大量实地采访，在钢筋水泥的丛林中，在烈日暴晒的酷暑下，在如火如荼的氛围里，用作家最敏锐的视角、最细腻的情感、最真实的感受，将建设一线的组织者、劳动者的音容笑貌、喜怒哀乐，细细地记录了下来，为普通人了解超级工程的建造过程，提供了一个最佳的观察窗口。

当然，打造这个观察窗口的过程，对于作者而言，绝非易事。

深中通道是集"桥、岛、隧、水下互通"于一体的超级集群工程，其中无论哪个环节，都极具专业性，更不乏全球首创、全国首创并应用的工程技术。如何把这些"直线加方块、钢筋加水泥"的建造过程，以简洁明了、一语中的文字，全方位展示给读者，非常考验作者把握重大题材、驾驭文字的能力。

本书作者在创作过程中，不仅下足了真功夫，更下足了巧功夫。

全书将深中通道这一庞大复杂的工程划分为若干板块，以时间为基本脉络，采用大开大合、贯穿古今的方式，将读者以最快的速度、最灵动的方式，带入到深中通道各个项目的建设中来。作者以西人工岛、东人工岛、海底隧道、伶仃洋大桥、中山大桥等控制性工程为"板块"和"堡垒"，用精湛的文字构建起宏大的施工场景，用细腻的描写树立起建设者的形象。在作者的笔下，读者了解到那些坚硬的"板块"如何被建造，高大的"堡垒"如何被浇筑。同时，建设者们感人肺腑的群体形象，也在这一过程中被活灵活现地摹画出来。

神秘的面纱，就这样被逐一掀开。

面纱背后最震撼人心的，并非建设者们攻克的那些技术难题，而是这一个个难题被攻克的过程，以及在这个过程中，那些可亲可敬可爱的人们付出的心血与汗水。

无论人类社会发展到何种程度，这个世界都是建设者、劳动者在推动。他们永远值得我们用各种表现手法去记录、歌颂、感谢。本书始终把握了这一原则，并将那些浓墨重彩的文字，献给了深中通道的真正主角——所有的建设者。

江山就是人民，人民就是江山。

时代在发生翻天覆地的变化，建设者的组成也在时代浪潮中迅速出现更新迭代。在深中通道建设一线，"80后"与"90后"早已成为主力军、生力军。他们成熟稳健、朝气蓬勃，他们思维敏捷、意志坚定。一个个技术壁垒在他们面前低下"高贵的头颅"，一个个复杂环节被他们群策群力"快刀斩乱麻"……湖南益阳人陈向阳，带领测量团队，为通道建设布下从陆地到海洋、从空中到水下的信息网、测控网；"西岛大内总管"王刚，事必躬亲，周密严谨，带领同事们从无到有，在伶仃洋上建起了坚如磐石的人工岛屿；调度员常青，为了更好地完成肩负的工作，每天奔走在工地上，脸被晒得黑如碳，心却红得像团火；还有"90后"小伙儿卢佳成，以及无数像他这样精力充沛、干劲十足的"新鲜血液"们，为深中通道建设带来了无穷无尽的动力。

　　他们是新能源，他们是核动力。

　　当然还包括深中通道"一号员工"宋神友，负责海底隧道沉管安装的宁进进，喜欢摄影、喜欢与一线工人打拼在一起的党支部书记沈卫东，以及杨福林、吴聪、阿青和她的丈夫……这一个个性格鲜明、思维开阔、意志坚韧的人物，在本书中依次出场。他们用智慧与汗水、激情与深情，将深中通道这一宏大设想变成了坚硬的现实，为促进粤港澳大湾区的深度融合发展，贡献了自己的力量。

　　这，是一部新时代的创业史！

　　是为序。

（作者系著名文学评论家、中国作家协会社联部主任）

目　录

序章

向海而生

45 亿年前，地球，仍是一颗炼狱般的行星，熔岩炽热，凶猛恣肆。

约 1000 万年后，地球表面开始逐渐冷却，冷却的岩浆形成地壳深处第一批矿物体；由于温度降低，蒸发至大气中的水蒸气，以降雨的形式开启了滂沱循环。

泱泱大水，铺天盖地，无休无止。

39 亿年前，地球上没有陆地，一片汪洋。

又 12 亿年过去，生命，以最弱小却又最顽强的形式悄然出现。

中国大地的构造演化可以简单地描述为：古生代多个古陆块分散漂移在大洋中；中生代多陆块汇聚造山及造山后伸展；新生代西部汇聚，东部裂解漂移。

这种演化，造就了中国地形的多种多样：山区面积广大，地势西高东低、向海洋倾斜。这一方面有利于湿润气流深入内地，形成降水；另一方面使得大江大河滚滚东流，形成水路，沟通了沿海和内地。

地处中国大陆最南部的广东省，注定成为目光汇聚的所在。

广东北部多丘陵，南部多平原、台地。平原以珠江三角洲最大，是西江、北江共同冲积成的大三角洲与东江冲积成的小三角洲的总称，位于珠江下游，毗邻港澳，与东南亚地区隔海相望，成为中国的"南大门"。

"昔者五岭以南皆大海耳，渐为洲岛，渐为乡井，民亦繁焉。"古人寥寥数语，将珠三角形成、发展的基本过程，展示给今人。

先秦时期，珠三角地区仍为一片汪洋。

秦统一岭南，于番禺设立造船基地，在此基础上修筑番禺城，开启了广州两千多年的建城历史。因人口稀少，秦又从中原迁来大量移民。到公元2年，广东人口已达37.52万人。

唐宋时期，珠三角经过长期的泥沙堆积，洲滩渐露，河网初具雏形……

又数百载匆匆而过。随着沿海人口迅速增加，珠江三角洲取代粤北，成为广东人口分布的重心。

沧海有幸变桑田，大湾区雏形渐露。

湾区，是海岸向陆地凹入的地方，是大陆形成期撕裂而成。而广东的大湾区，则是陆地向茫茫大海呐喊的一张大嘴，一个大喇叭，一片呈"A"字形的滔滔水域。

有人叫它珠江口。有人称它伶仃洋。

有着"广东徐霞客"美称的清初诗人屈大均，曾在《广东新语》记载："秀山之东，有山在赤湾之前，为零丁山，其内洋曰小零丁洋，外洋曰大零丁洋。"

无论大小，不管写作"零丁"还是"伶仃"，皆为孤单、孤苦、无依无靠的样子。

遥想当年，渔民出海，过了这一区域，前望大海苍茫，回看大水潏湟，孤苦伶仃的感觉不免油然而生……

几多磨难，几多悲怆；天佑中华，神州复兴。

2009年10月28日，粤港澳三地政府有关部门在澳门联合发布《大珠江三角洲城镇群协调发展规划研究》，提出构建珠江口湾区，粤港澳共建世界级城镇群。

2019 年 2 月 18 日，中共中央、国务院印发《粤港澳大湾区发展规划纲要》。香港特别行政区、澳门特别行政区和广东省广州市、深圳市、珠海市、佛山市、惠州市、东莞市、中山市、江门市、肇庆市联手建设粤港澳大湾区。

一棋落定，满盘皆活。

这里，将建成充满活力的世界级城市群；这里，将成为国际科技创新中心，"一带一路"建设的重要支撑，内地与港澳深度合作的示范区；这里，还要打造成宜居、宜业、宜游的优质生活圈，成为高质量发展的典范。

在这里，陆地呼唤着海洋，海洋亲吻着陆地。

人类，则期望在这坚硬与柔软、辽阔与苍茫的交融中，寻求更好的生存条件，繁衍地球的生命，延续宇宙的文明。

向海而生，向海而兴，向海而强。这，需要一个前提——交通发达。

通，大湾区才能不痛。

通，大湾区才会气血充盈，昌盛繁荣。

第一章

相望千年

伶仃洋西岸，有位少年远眺东方，但见海天一色，茫茫苍苍。

那一刻，在少年眼里，海的此岸与彼岸，有着最遥远、最诱惑、最令人感伤的距离。

那一刻，他认定那缥缈的远方会是仙境，飞跃海面去看一看的渴望，强烈得令人颤抖。

一百四十多年前，少年常常站在家乡的村头——南朗镇翠亨村，远望浩渺的伶仃洋出神。

一百四十多年后，翠亨村不再直面大海，人们填海造地，形成一个马鞍岛，包括诞生这位少年的村庄，一起规划成了翠亨新区。

千年夙愿，百年沧桑，天堑有了通途。

通途，从马鞍岛出发，跨越伶仃洋，贯通东西两岸，为珠江口再添一抹重彩。

一、远古呐喊

少年名叫孙文，后又称孙中山。

1878年，孙中山离开养育自己12年的南朗镇翠亨村，经拱北入澳门、到香港，又从香港乘船赴檀香山——一个位于北太平洋夏威夷群岛的地方。第一次远离家乡，探险异域，令少年孙文大开眼界、激动不已。

"始见轮舟之奇，沧海之阔。自是有慕西学之心，穷天地之想。"先生曾发出如此慨叹。

然而，当孙先生经澳门至香港，再由香港乘船离开祖国，背对伶仃洋，朝真正的茫茫大海进发时，除去"沧海之阔"的震撼外，他可曾想到，六百年前，也曾有一人乘船漂过伶仃洋，同样发出过千年慨叹？

这一叹，惊天地泣鬼神。

这一叹，至今仍激荡在所有国人心海，时不时便掀起千重巨浪。

矗立在西洋船头，少年孙中山该是想到了他。只因这个人曾真实、立体、一身傲骨地存在过。几百年的漫长岁月里，他始终活在华夏儿女心中，且将永远活下去。

他，就是文天祥。一个江西人，一个生于内陆之人，却因一首绝命诗，与烟波浩渺的伶仃洋捆绑在了一起。

哦，又哪里是因为一首诗啊，是因为他的整个生命！

1279 年正月十二日，珠江口、外伶仃洋，一艘艘元军战舰由东向西，密匝匝像一群腾跃捕食的硕大虎鲸，气势汹汹朝崖山（今广东省江门市新会区崖门镇）方向扑来。海面上，朔风猎猎，波涛如怒，饶是大型军舰，在如此浩渺的水面上，也不过是片片落叶，只能随着海浪剧烈起伏、摇摆、战栗，看上去随时会被巨浪拍成齑粉。

剧烈摇晃的一艘军舰上，一个男人、一个被俘的中年男人——南宋丞相文天祥，正用冷眼扫视着看守他的几个元兵。满腔痛恨的同时，他该是有些可怜这些元兵的，他们来自更遥远的北方，何曾见过如此的惊涛骇浪，皆一脸惶恐，仿佛随时会跌入大海，葬身鱼腹；他该是想起了老家吉安，想起离吉安不远的赣州，那里，正是他散尽家财、起兵勤王的地方，那里有条赣江，赣江有十八滩，在一处水流特别湍急的地方，大水狂躁，望之令人胆寒，人称此处为"惶恐滩"。

又一个巨浪击打过船头之后，文天祥要来纸笔，在摇晃中写下了那首气贯千秋的《过零丁洋》：

> 辛苦遭逢起一经，干戈寥落四周星。
> 山河破碎风飘絮，身世浮沉雨打萍。
> 惶恐滩头说惶恐，零丁洋里叹零丁。
> 人生自古谁无死？留取丹心照汗青。

这是中国人面对茫茫大海发出的千古慨叹。

这声长叹，使伶仃洋走进了祖祖辈辈中华儿女的心，并在那里持久地波澜壮阔；这声长叹，使一片本来孤苦伶仃的大水，成为诞生豪气、诞生英雄的大海。

严格来说，海是海，洋是洋，二者是不一样的概念；海就在陆地的周围，而洋在海之外。现在称为内伶仃洋的海面叫合澜海，合澜海南边的洋面才叫伶仃洋。但这片海面承载了太多的往事，人们更愿意将"伶仃洋"与这片海联系在一起。

这片海，北起虎门，口宽约 4 千米，南达香港、澳门，宽约 65 千米，面积约 2100 平方千米，在其周边有深圳市、珠海市、

2024年3月12日，一桥飞架，
中山深圳跨越伶仃洋实现"牵手"
（缪晓剑／摄）

广州市、东莞市、中山市以及香港和澳门等经济发达地区，地理位置十分重要。伶仃洋是珠江最大的喇叭形河口湾，属弱潮河口，潮型为不规则半日潮混合潮——在一个月的多数日子里，一个太阴日出现两次高潮、两次低潮，但两次高潮和两次低潮的高度相差较大，涨潮历时和落潮历时也不相等，且随着月球赤纬的增大而更为显著。

这片壮阔水域，曾是南中国大门上的一道天然防线。

明清时期，按规定，外国商船到达伶仃洋时，须在此等待中国引水（引航员）的到来。引水对外船进行必要检查后，往澳门同知处为外船办理进入虎门的准照，然后官府再指派带领外船进入内河的引水，前往广州黄埔。护航的外国军舰严禁进入内河，只能停泊在伶仃洋及其附近洋面。除这些正常的停泊，伶仃洋及其附近水域，实际上长期以来也是来华进行非法活动的外船出没和逗留的地区。

龙蛇混杂，既有朋友也有豺狼。

伶仃洋一度成为全国鸦片输入的集散地。这些鸦片，像贪婪的病毒，由伶仃洋出发，向中华内陆蔓延，迅速扩散到四面八方，掠我钱财、弱我国民。

巨人再迟钝，也感觉到了疼痛。

1839年（清道光十九年）正月，林则徐奉旨抵达广州。

1839年6月3日，林则徐组织实施虎门销烟，在二十多天的时间内，销毁鸦片共计237万余斤。

1840年6月，英军舰船抵达珠江口外，封锁了海口，鸦片战争爆发。

在侵略者的隆隆炮声中，伶仃洋的海水开始翻涌、咆哮，天空也被映照得阴沉下来。

多年以后，伶仃洋这片水域所承载的往事，化为一种磅礴力量，涌动在两岸——珠江口东岸与西岸。但由于交通不便，这股力量聚少离多，总是形不成合力，常常在夜半之时，在伶仃洋上空发出无奈的叹息。

随着改革开放的深入，珠江口西岸的发展渐渐滞后于珠江口东岸。

孙中山的诞生地香山，早已更名中山市，先生曾在翠亨村头发出的慨叹，仍萦绕在人们心间。何时能天堑变通途，实现伶仃洋两岸连接，成为世代国人的夙愿。珠三角地区的经济在迅速崛起，交通建设却远远落在了后面。尤其是虎门渡口，因承载量不足而频频出现交通拥堵，物流运输面临极大不便。

1992年，香港合和实业集团主席胡应湘，一位的士司机的后代，为解困虎门，投入巨资承建虎门大桥。大桥于1996年通车。虎门大桥东起东莞市太平立交，上跨狮子洋入海口，西至广州市南沙立交；全长4688米，主跨888米；桥面为双向六车道高速公路，设计速度每小时120千米。

虎门大桥，见证了中国改革开放和经济腾飞的伟大历程。

经济腾飞，势必伴随流动性增大，人与物皆如此。随着珠江口东西两岸交流的日益频繁，虎门大桥成了一根渐渐堵塞的血管，亟须缓解压力。

2009年12月15日，连接香港、珠海、澳门的港珠澳大桥动工，2017年7月7日实现主体工程全线贯通，2018年10月24日开通。港珠澳大桥的起点是香港大屿山，经大澳、跨越伶仃洋，最后分成"Y"字形，一端连接珠海，一端连接澳门，长达55千米，为世界上最长的跨海大桥。

伶仃洋两岸之间，再添血液流动的大动脉。

　　但由于港珠澳大桥没有连接深圳的通道，且通行条件所限，无法完全解决珠江口东西两岸的交通问题，虎门大桥依然拥堵。

　　2013年12月28日，南沙大桥（原称虎门二桥）动工建设，2018年11月合龙，2019年4月2日建成通车，将广州市南沙区与东莞市沙田镇连接在一起，成为珠江三角洲又一座世界级的桥梁工程。大桥全长12.891千米，桥面为双向八车道高速公路，设计速度每小时100千米。

　　珠江口南北两端、伶仃洋东西两岸，终于有了三根粗壮的血管，它们的通畅，使粤地愈加富有活力。倘若中山先生看到如今这一幕，定会露出欣慰的笑容。然而，当粤港澳大湾区以世界级城市群的气势屹立于世界四大湾区之列时，伶仃洋上的三条血管，在这一庞大体量面前，又显得稀疏了些。

　　大湾区的交通，需要的是网，纵横交错、四通八达的网。

　　于是，珠江口开始呼唤。

　　于是，伶仃洋开始呐喊。

二、咫尺天涯

　　2023年8月26日，是个周六。

　　清晨，一场夜雨才停，本就湿润的空气显得愈加水灵，仿佛只要伸手一抓，便能凭空攥出水珠儿来。

　　上午九时许，广东省中山市大东裕酒店楼下，东苑路由南向北，一辆绿牌新能源车正在路口等红绿灯。绿灯亮起，车子前行大概五十米后，轻快地右拐，停到了博爱五路的辅路上。随即，一位戴着遮阳帽的女孩打开车门，上了后排座。

　　"师傅，一个半小时能到吗？"女孩问司机。

"周末，不好说。"司机是个五十出头的精瘦男人，姓黄，中山人。

"哦，也是。"女孩莞尔一笑，将视线投向车窗外。路旁，几棵绿油油的大叶榕一动不动站在绿化带中，像憨头憨脑的绿巨人，默默地俯瞰着车内的女孩。

"但愿不会堵车。"女孩像是对黄师傅说，又像在喃喃自语。

黄师傅没接话。跑网约车有几年了，中山、广州、东莞、深圳等，附近几座城市的道路交通状况，早已激光雕刻般镌在了黄师傅的心壁上，他只要稍稍回望，就能清楚地看到其中任何一条主干道的运行状态——现在还有实时导航，一切就更不成问题了。

要说有问题，那只能是虎门大桥了。

从中山去深圳或由深圳来中山，要说在空中扯出一条航线，有点牛刀宰小鸡，那么只剩下两个途径：水路和陆路。水路就是乘船了，从码头坐水上巴士，可以往返深圳与中山，但这个局限太大，不仅麻烦、耗时、运载能力低，关键是受天气影响也大。陆路呢，要从珠江口"A"字形顶端的虎门大桥或南沙大桥通过，跨到伶仃洋东、西两岸，再一路南行至深圳或中山。

虎门大桥比南沙大桥距离两座城市更近，黄师傅当然会选择从这里走。

但每次走，每次都提心吊胆，却不是担心安全问题。

那还是在 2018 年的五一"小长假"，本是一个令人愉悦、充满期待的明媚时刻，而虎门大桥，这一连接珠江口两岸的枢纽要道，竟然被天南地北来粤的游客调侃了一番，称其为广东省的"最堵点"，并有了"英雄难过虎门关"的评价。

多少有些令人尴尬。

南沙大桥通车前，虎门大桥是珠江口西岸城市前往东莞、惠州等工业中心的最近通道，沿珠江上下游20千米内，再无别的桥梁可供渡江。大桥的设计日均车流上限为通行八万辆，但随着经济的快速发展、物流运输的极大需求、车辆保有量的迅猛提高，虎门大桥的日均车流很快增至十万辆以上。

规划与现实，出现巨大差距。

2018年5月1日这天，虎门大桥的日车流量更是达到惊人的18.5万辆！

怎么可能不堵车呢？

别说有事故，就是头车司机打个喷嚏，都可能造成大堵车。最堵的时候，虎门大桥几乎成了停车场，而且还是一天一宿连续营业的停车场，堵得人们两眼发青、神情恍惚，甚至到了怀疑人生的程度。

在这种情况下，南沙大桥于2019年4月建成通车。

当年建设的时候，南沙大桥的名字还叫"虎门二桥"，从这个历史痕迹就能看到，南沙大桥的重大作用就是帮助虎门大桥提升珠江口东西两岸的通勤能力和效率。事实证明，南沙大桥也的确起到了兄弟桥、姐妹桥的作用，极大缓解了虎门大桥的压力。

但是，粤港澳大湾区的发展趋势，不再是星星之火，不再是燎原之火，而是成为爆燃的火海，其迅猛态势令世界瞩目，珠江口两岸间的交通需求同样呈指数级增长。伶仃洋啊，这片成喇叭口形状的海域啊，需要的是在"A"字形上搭梯子，需要的是一道道横梁、一条条通道，有了它们，大湾区才能登高极目、天高地阔，才能活水潺潺、财源广进。

红灯绿灯，绿灯红灯；左行右行，鱼贯而行。阳光已经旺盛，空气中的湿气渐渐被压回了几千米外的伶仃洋。黄师傅将空调温度往下调了调，女孩额头上冒出的细密汗珠儿很快消失了，似乎又缩进嫩白的皮肤中。

当标有"虎门大桥"的绿色标志牌出现在视线中时，女孩陷入了短暂的回忆：

女孩也是中山人，在深圳上的大学，若将校园与家园直线连接，因中间隔了波澜壮阔的伶仃洋，把本不算远的距离，隔成了"我在海这头，家在海那头"，回来一趟颇费周折。有一年，学校放暑假，出于热情，女孩邀请同宿舍朋友来中山玩，说好了管吃管喝管住管玩，又说孙中山故居是中山最有名的景点之一，更是国家一级博物馆，不仅可以了解这位伟大人物成长初期的历史环境，还可以领略到珠江三角洲地区的民俗风情……说得朋友们两眼直放光。

再客气就显得见外了。

于是，几位水灵灵的小姑娘从深圳坐大巴车，欢天喜地朝中山赶来。谁知，车过虎门大桥，遇到堵车，几个人被硬生生堵了近三个小时。三个小时内，大巴车竟然没能从桥这头移动到桥那头，车上的人被憋屈得快变成蔫耷耷的大葱了……

"奇怪哎，今天虎门大桥居然没堵车？"此刻，女孩朝前望了望，虎门大桥那标志性的门式框架索塔已出现在视线中。

"没堵不是好事嘛。"黄师傅笑着说。

女孩也笑。本来还有些担心，此刻完全放松下来，女孩扭头望向了桥下的水面。大概是距离远，或者光线漫反射的缘故吧，那青灰色的浑厚水面似乎并未比虎门大桥矮多少，再向更远的地方望，水面好像还比桥面高——这种奇怪的视觉体验，令女孩觉得很有趣。过去，她不止一次从虎门大桥经过，还从未有过这种体验。怪只能怪每次从这里过时，都把心思用在关心堵不堵车上了，哪还有心情看这司空见惯了的海水啊。

"师傅，听说深中通道要通车了？"女孩突然问。

"哟，你还挺关心这个？"黄师傅反问。

"那——必需的！"女孩故意瞪大了眼睛。

"小姑娘做什么工作的？"黄师傅笑眯眯地又问。

"做媒体的。"女孩爽快答道。

"据说，明年就通车了。"黄师傅腾出一只手，朝身后竖了下大拇指，"你们做媒体的，消息比我们灵通。"

"师傅，您才是千里眼、顺风耳呢！"

准时抵达目的地，女孩笑眯眯下了车，消失在人潮车海的深圳街头。黄师傅结束了这单生意，顺利返回中山。谁知，这个周六赶上了他的幸运日，车子才进中山，又接了一单往东莞去的活，并且也很顺利……如此这般，当他最后一次从深圳往中山返回的时候，虽说收入不错，却也感到浑身乏累，决定返回后就收工，回家好好休息，吃点好的犒劳一下自己。

出了繁华的深圳城区，天色已暗淡下来，好在路灯明亮。

"可别堵车啊……"黄师傅鬼使神差地唠叨了一句。一天下来，通行如此顺畅，令他有些不安。这是个奇怪的心理，按说，车在路上跑，路平坦车没坏，一路畅通不是应该的嘛。可常年跑车，他对这段路况的了解，比对自己所住的小区还熟悉。若说这段车流量如此大的路程一天不堵，尤其是虎门大桥不堵，似乎真的有点不正常。

有些事，真的怕念叨。

"你个乌鸦嘴！"车子才上虎门大桥，黄师傅就骂了自己一句。好在车内只有他一人，骂得却也洒脱。

一水的红色尾灯！

此刻，若有一架无人机从空中俯拍而过，会看到这样一幅场景：神秘的深色海面上，虎门大桥似一条倔强的长龙，沉甸甸横亘在珠江口两岸，一台紧贴一台的各式车辆，无奈地亮着灯，从前向后望，如金色龙鳞，由后向前望，又如赤色龙鳞，虎门大桥的鳞！

扫一眼手机导航，那条红得发紫的堵车线段一直延伸到对岸，才开始逐渐变淡，过了南沙区，算是彻底变成令人愉悦的绿色。

"但愿，深中通道早点通车吧！"黄师傅无奈地笑了笑。

车龙仍仿佛焊在了桥面上。

黄师傅百无聊赖地将视线投向桥南茫茫苍苍的珠江口。看着看着，夜幕之下，他仿佛看到了 30 千米外的那座伶仃洋大桥……新闻上说，这是世界上跨径最大、净高最高的海中钢箱梁悬索桥。等伶仃洋大桥通车了，自己一定畅畅快快地在上面开着车跑一跑……哦，那种感觉，该与海鸥振翅掠过大海的情形差不多吧？

三、关键一横

海鸥向往彼岸，可以振翅飞越海洋，城市却只能固守原地，动弹不得。

地皮与地皮的连接，靠路。

珠江口东西两岸，这两块日益繁盛的南国大地，急切盼望更多的连接。珠江口东岸的代表城市是深圳，隔着珠江口，对面则是中山市。深圳需要快速流通，中山需要高效沟通，双方都在盼。这种因天堑而产生的盼，这种由于海水阻隔而产生的盼，最终变成了千千万万大湾区人的共同期盼——跑网约车的黄师傅和有着通勤需求的媒体女孩，只是这万千人中的普通代表。

但期盼本身，绝不普通。

粤港澳大湾区的各项主要指标毫不逊色于世界其他三个著名湾区城市群，已经成为继美国纽约湾区、旧金山湾区和日本东京湾区之后，全球又一著名大湾区，也成为华南的经济中心。

经济中心，必先是人流和物流中心。

经济想发展，交通必先行。对此，珠江口两岸的人们有着一致认识。

1997年，万众瞩目下，虎门大桥通车，成为跨珠江口第一座大桥，极大缩短了东西两岸交通距离。此后，对于处在珠江口倒"V"字形中间位置的深圳与中山来说，每当人们通过虎门大桥，不得不折线往返两地时，那种何日不再走弓背而是走弓弦的期盼，像虎门大桥下的珠江水一般，滚滚奔涌，无法遏制。

深圳与中山，直线距离仅24千米，天气晴朗，登高远眺，甚至能望见彼此城市的轮廓，但望山却能跑死马。

建设直接通道的呼吁日益强烈。

1998年，在深圳与中山之间建设跨江通道、打通两地直线交通的想法，被人们正式提出。2002年8月，广东省发改委启动了跨珠江口通道的方案研究，并委托中国公路工程咨询监理总公司进行"深圳至珠海过江隧道"方案的研究工作，最后，深圳前往西岸的落脚点由珠海变成了中山；2004年，深圳至中山跨江通道研究工作正式启动，深中直通通道，终于被提上日程。

2023 年 7 月 11 日，夜幕降临，从翠亨新区沿着深中通道向东远眺深圳（缪晓剑／摄）

深中通道的意义，中交公路规划设计院有限公司（简称公规院）的黄清飞博士，有着非常专业的认识。

黄清飞，江西南昌人，1983 年 7 月出生，2010 年毕业于北京交通大学。当他和你面对面讲话时，灼灼目光透过近视镜片，会直直地望着你，使人不由自主陷入他的语境之中——这是位具有儒雅气质的工科男。

他是公规院深中通道设计服务现场负责人，也是隧道事业部的总工程师。

"深中通道全线通车后，受益的不仅是深圳、中山两市，对珠三角甚至整个广东的经济发展都将产生积极影响……"有一次，面对来访者，黄清飞如是说。

"比如呢？"有人问。

"就深圳来说吧，经广州、武汉或者南昌，能一路向北；向东呢，可以连起汕头、厦门、福州、宁波、杭州；向南，则有香港，但是向西呢？"

"只有珠江口。"有人接话。

"没错！一个珠江口横亘在此，挡住了深圳西进的路。"

哦，深圳到中山，若是建成跨海通道，相当于打通了粤港澳大湾区的任督二脉。堵点被疏解，以深圳这个经济重地为支点的广东沿海经济带将愈加均衡畅通，深圳不必再绕行广州就可以直接跟珠江口西岸城市交流；而中山到深圳，也从过去的折线变成直线，中山也将升格为区域发展的中坚力量，步入珠三角交通枢纽城市之列。

这是双向利好。

有了深中通道，中山的知名度一下子提升了：一座世界级的大通道嵌入了中山的名字，这是花多少钱都买不下的大广告，是金字招牌、铂金标识！再者，通道会为深圳与中山的同城化发展创造有利条件，中山的人才、物流成本会直线下降，经济发展会直线上升；中山借助深圳的优势资源，可以加快自身产业的转型升级……

一个如虎添翼，一个如鱼得水。

"假以时日，深中通道通车，再往返深圳与中山时，在起点相同的情况下，车程将由现在的两个多小时变成半小时左右……"说到这里，黄清飞眼眸中有喜悦之光闪过，像是已经看到深中通道上车来车往。

"真是天堑变通途！"听者更是为之一振。

"没错，深中通道将构建珠三角'A'字形交通骨架的'关键一横'，成为联系珠江口东西两岸的直连通道。"黄清飞笑着说，"受益的，不仅有深圳、中山，对整个珠三角甚至对整个广东省的经济发展都将产生积极影响！"

然而，通道如此重要，却迟迟未能立项，更别提开工建设了。

深中通道被提上日程时,港珠澳大桥已经进入准备动工的环节,一个珠江口,是否需要两座超级跨海通道?

"重复建设"的议论似浪潮涌动,深中通道只得暂缓推进。

这一缓,又是四年。广州、深圳和中山三地政府均认为,港珠澳大桥与虎门大桥之间相距约70千米的区域内,现有及在建的通道均不能满足经济发展需求,深中通道建设势在必行。

月盈月缺,潮起潮落,珠江口的大喇叭在夜色下震荡,却只传来海风的呜咽。

2008年,转机突然出现,深中通道终于被列入了《珠江三角洲地区改革发展规划纲要(2008—2020)》重大基础建设项目,成为重要节点。此后,深中通道被写入广东省政府工作报告,开始了前期研究。

2015年,国家正式批复同意建设深圳至中山跨江通道。

深中通道,在无数期盼的目光中,迈着有条不紊的步伐,向珠江口、向伶仃洋走来。

这是又一大国工程。

然而,在确定通道具体登陆地点时,沿线各市却有了不同的诉求。广州市支持"东莞虎门—广州南沙"路线,该路线登陆地点与虎门大桥近似;深圳和中山则要求在各自辖区内选择线路节点。

就此,2009年6月,广东省交通厅召开了专家研讨会。热烈的讨论之后,"深圳机场南—中山新隆"方案脱颖而出,该路线处于虎门大桥和港珠澳大桥的中间位置,布局更为合理。

2010年,深中通道被列入全省重点建设预备项目计划表。随即,广东成立了由省交通运输厅牵头的推进项目建设前期工作协调小组,下设办公室(简称前期办),开始着手准备。

擘画珠江口上关键一横的大手，已经高高悬起，就等落笔的那一刻了。

四、艰难抉择

期待中，时光如脱缰的野马，憋着劲向前飞奔。

2012年，在广东省"两会"上，省人大代表、深圳市长许勤再次呼吁：加快深中通道建设。

2012年11月，广东省交通厅在官网上公布了《深圳至中山跨江通道工程海洋工程环境影响报告二次公示》。公示透露，深中通道项目全长51千米，预计2015年底开工，工期为六年。深中通道的主要几种跨海形式——全桥、东桥西隧、东隧西桥、长隧（包括双隧）浮出水面，项目前期办组织专家进行论证，最后拟定了六个海上线位工程方案：

A1全桥方案、A2东桥西隧方案、A3东隧西桥方案、A4长隧方案、A4-1广州长隧方案、AS双隧方案。

由于深圳宝安国际机场有"航空限高"的特殊要求，深圳一侧不可架桥，否则会影响飞机起降。因此，A1和A2方案很快被否决。经过权威机构和专家多方论证，项目《工程可行性研究报告》最终推荐A3方案，即东隧西桥，长隧方案作为备选。

国家重大工程，牵扯方方面面，论证过程当然要广泛听取意见，尤其是利益攸关方。

深圳、东莞、中山三市支持A3方案，但广州表示反对。

在《深中通道项目通航安全影响论证报告》中，以20万吨级集装箱船为代表船型，将伶仃洋大桥通航净高定在73.5米，广州方面认为，这个高度会阻碍大型邮轮进出南沙港，对港口未来的发展影响较大，所以力推 A4 长隧方案。

广东各市中，老大哥非广州莫属，省交通厅当然重视广州的意见，特意请国际专家对通航进行了前期论证。

紧张、焦灼、犹疑……

终于，论证结果出炉：目前的伶仃洋大桥通航高度 73.5 米，能够满足广州南沙港未来的发展需求。

2013 年 8 月，在广东省政府常务会议上，时任省长朱小丹听取了省交通厅关于深中通道有关事项的汇报。经过认真讨论之后，最终，会议议定以 A3 方案为推荐方案，A4 方案作为备选，附广州市政府意见，上报国家发改委立项……

广州方面仍在行动。

一方面，广州市委、市政府共同向广东省委、省政府请示，认为目前项目上报国家立项的要件不齐，通航标准、环评、社会稳定风险评估等，均未取得相关主管部门的批文，项目前置要件不足，方案缺乏有力支撑。同时，广州方面建议采用全隧方案，并称此方案可实现广深中三市共赢；另一方面，广州方面迅速委托中铁隧道设计院等机构，对全隧建设方案可行性进行专项研究。

本是沸水，再添新柴。

深中通道又一次进入论证阶段。

重大抉择面前，论证的过程必然激烈，都是源于对各自城市炽热的爱。

广州最初力推的 A4 方案，是在沿江高速附近设置东人工岛作为隧道起点，在万顷沙南设置西人工岛作为隧道终点，隧道全长 15.19 千米；后来建议的 A4-1 方案，则是在 A4 方案的基础上，将西人工岛向东移至龙穴岛南端，总长度为 13.1 千米。

A4 和 A4-1 两个方案均为全隧方案。经过将 A3 及全隧方案进行同深度比选，专家认为全隧方案主要存在以下问题：

超长隧道内行车，安全隐患非常大，一旦发生灾害，人员救援将极为困难；并且，全隧方案需要穿越珠江口多条构造断裂交汇带，抗震的风险高；再者，全隧方案需要水下爆破 96 万方和开挖 1.2 亿方，这不仅对海洋渔业生态环境影响巨大，还可能伤害到中华白海豚——珠江口水域，在内伶仃岛至牛头岛之间面积约 460 平方千米的水域，为中华白海豚国家级自然保护区；同时，若实施全隧方案，需要长时间隔断伶仃洋航道、矾石航道等珠江口全部航道的通航，代价可想而知。不仅如此，全隧方案的工期至少需要 86 个月，比 A3 方案的工期至少增加 18 个月，投资也会增加约 135 亿元。

2024 年 3 月 12 日，日出时分的深中通道（缪晓剑／摄）

一根大扁担，哪头轻、哪头重，一目了然。

再看 A3 方案，全长约 24 千米，其中跨海长度 22.365 千米，马鞍岛陆域段长度 1.64 千米；采用双向八车道高速公路技术标准，设计速度每小时 100 千米，桥面宽度 40.5 米。主要工程包括两座人工岛、6720 米沉管特长隧道、伶仃洋航道桥（主跨 1620 米，通航净空 73.5 米、可通航 30 万吨级集装箱轮船），横门西航道桥（主跨 580 米、通航净空 53.5 米、可通航 3 万吨级集装箱轮船）。

深中通道前期办先后组织进行了 300 人次的国内权威专家咨询，其中工程方案的综合比选，经过了六次国内权威专家咨询、三次综合工程专家论证会，前期办认为：A3 方案较为成熟，且已做了大量前期工作，建设项目选址意见书、社会稳评、地灾评估、地震安评、深圳机场航空限高批复、规划方案防洪意见、项目水土保持方案报告书、项目用地预审均已取得相关行业主管部门批复，项目海域使用论证报告、海洋环境影响评价报告，均由相关行业主管部门组织了评审，项目节能评估报告也已完成编制并上报省发改委。

最终，明确的选择出炉——将 A3 方案作为推荐方案，上报国家立项。

2013 年 11 月，前期办在深圳市交委官网发布《深中通道项目可行性研究建设项目公示》，将陆上规划道路调整出项目范围，缩短深中通道的长度，海上段则基本保持不变，只是把终点由中山新隆调整到了马鞍岛。

A3 方案中桥梁设计的通航标准已经是全球之最——净高达 73.5 米，完全可以允许目前世界上最大型的船只通过，但考虑到广州方面对南沙港通航的顾虑，2015 年，广东省交通厅向交通运输部上报《论证报告》时，将通航净高提升至76.5米，满足了未来航运发展的需求，南沙港方面悬着的心，也扑通一声落回肚里。

2015年12月21日，国家发改委关于广东省深圳至中山跨江通道可行性研究报告批复：同意采用东隧西桥方案；深中通道由原来的51千米缩减至24千米，中山终点由新隆立交顺接"中江高速"，调整为在马鞍岛横门互通顺接"中开高速"。

至此，一锤定音。

这时，距离深圳、中山两市最初提出深中通道的设想，已经过去了整整17年。

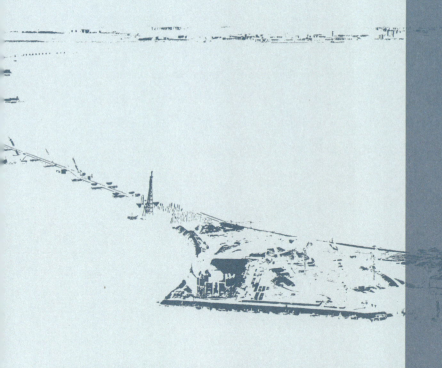

第二章

探海勇者

按照规划，深中通道北距虎门大桥约 30 千米，南距港珠澳大桥约 38 千米，将是集"桥、岛、隧、水下互通"于一体的超级集群工程。路线起自广深沿江高速机场互通，通过广深沿江高速二期东接机荷高速，向西跨越珠江口，在中山市马鞍岛登陆，与在建的中开高速对接，通过连接线实现在深圳、中山及广州南沙登陆，项目全长约 24 千米，其中海底隧道长约 6.8 千米，桥梁长约 17.2 千米，设东、西两处人工岛。采用设计速度每小时 100 千米的双向八车道高速公路技术标准，项目概算总额约 423.71 亿元。

珠江口的这一超级工程，已在人们的心中崛起。

认准了的事，中国人的行动就迅猛了。

一、布网奇兵

2016 年的夏季，珠江口内伶仃洋的水面上，白天水汽袅袅，夜间轻纱薄雾，各种货轮、游船往来穿梭，昼夜均显得格外繁忙。

在这司空见惯的忙碌中，几艘正在伶仃洋作业的船载式钻探平台和升降式固定平台却格外引人注目。这是中交公路规划设计院有限公司正在实施工程地质勘察——深中通道项目勘察设计的第一阶段。

在外行人看来，这一阶段，跟盖房子选址差不多，当然要选最合适、最稳妥的位置。接下来，开始打地基，而这个地基要想符合设计要求，必须由一些基本数据来控制，才能保证一切按设计进行。

这些数据，都需要专门有人去测量。

深中通道这样的超级工程，测控工作就是神经线，往往能牵一发而动全身，重要性不言而喻。

三个月后，已是 12 月底，在广袤的北方大地，早已千里冰封、万里雪飘，世界进入了猫冬的季节。但是，在中山市翠亨新区的马鞍岛上，却有着另一番情形，不仅草木依然翠绿葳蕤，且又有一群朝气蓬勃的外地人匆匆赶到——来自长江三峡勘测研究院的测控团队。

随即，深中通道项目测量控制中心全面展开了工作。

这是一支掌握着精湛勘测技术的生力军，成员以"80 后"为主，团队领头羊是湖南益阳人陈向阳。作为测量中心的主任，陈向阳深知自己和团队肩负的任务有多么重要。

万事开头难，他们就处在这个"难"字之下。

压力虽无形，但能真实感受到。

然而，初来乍到的陈向阳却信心满满。就像那烟波浩渺的伶仃洋水面，虽然一切尚处在起始状态，但陈向阳分明能看到一条钢铁长龙，正以上冲九霄、下入碧海的气势，横跨珠江口，将深圳与中山、珠江口东岸与西岸紧紧连接在一起。双脚踏在马鞍岛这块蓄势待发的土地上，远望伶仃洋滔滔大水的浩渺与磅礴，42 岁的他，能感到有一股奇特的力量，从脚下徐徐升腾，最终弥散至全身。

陈向阳相信，自己团队想做的事，没有做不成的。

这一刻，他身旁的同事梁柱信发现，陈主任的眸子中有光亮划过，像被点亮的两盏航标灯。

不以规矩，不能成方圆。

作为超大型跨海通道工程，深中通道集结了超大跨径海中桥梁、深水人工岛、超宽变截面海底隧道、水下互通立交四位一体的多种组合方式。项目建设条件复杂，工程规模宏大，技术标准要求高，若想将蓝图完美地变成现实，需要一张网，一张工程控制网。

这是针对一项工程而布设的专用控制网，贯穿整个施工过程，提供测量控制基准，以衔接和指挥各工序施工，保证工程符合设计要求。工程控制网测量基准的准确性，对保证工程质量和施工的规范化起着重要作用。

这正是陈向阳等人的使命。

他们，就是深中通道施工过程的一把尺。

深中通道工程首级控制网的建立，浸透了陈向阳和同事们的汗水。这一控制网，采用深中通道项目独立的坐标系统，高程系统则采用了1985国家高程基准，共计布设12个平面控制点、8个高程控制点，分别按国家B级GNSS控制网和国家一等水准测量的精度要求施测。

推进的过程，相当艰辛，有时不亚于荒野求生。

测控团队从2016年的冬季，一直忙到2017年初秋。他们的身影，频繁出现在深中通道两端的登陆区——中山端的翠亨新区，深圳端的宝安区。哪儿的条件艰苦，哪儿最人迹罕至，陈向阳等人就偏偏出现在哪里。远看像一群荒野猎人，近了才发现，他们狩猎的对象，是数据，是最可靠的数据。

尤其监测点勘探选址的过程，更是考验人的耐力。

不仅需要反复跟当地的基层机构打交道，还需要跟人家解释自己是做什么的，那些知晓深中通道即将开工的部门还好些，一点就透；不知道的，他们还要耐心地解释深中通道的重要意义，解释他们从事的测控工作对整个通道建设的关键性作用，以征得对方的理解和支持。有时，为了建一个观测站，需要多方沟通好久，甚至守着人家的办公室门口直到下班，才能跟当地领导说上话。进行一番深入浅出的科普之后，人家才明白他们做这件事的重要性。

深圳望牛亭公园的乘风邀月亭、中山马鞍岛的烂山公园……这些陈向阳本来陌生的地名，在近一年的时间内，被他以踏石留印的精神，用双脚深深地刻在了心底。

夏天，本来就热，粤地的夏天更热。

正午时分，建有首级控制网点的山上，犹如火焰山。上午还是郁郁葱葱的各类植被，包括木棉、人面子等树木，此刻都被晒得蔫蔫奄奄，似乎只需一根火柴，就能把整座山轰然点燃。这种情形下，陈向阳和梁柱信等人，已在此坚守了两天两夜，进行着不间断的测量工作。按照计划，还要再坚持两天两宿，才可以告一段落。

热，还不是最难熬的。

一个人守一个点，夜里睡在各自的帐篷里，吃饭要么自带干粮，要么由后勤统一送盒饭、饮用水——这时还能见见人，还能说几句闲话。其他时候，只能守着自己的测控点，一点一点测量、核对数据，耳边响着各种虫子聒噪的叫声，浑身毛孔朝外渗着黏糊糊的汗水，半天半天的独处，总让人感觉时光已经停止了，这一刻与上一刻，似乎根本没有前进，要么就是表盘的指针久久不动，要么是手机上的数字时间迟迟不见跳动……于是，几个小时就变成了几天、几周、几个月。

与同事们一样，陈向阳自己也值守着一个测控点。

这些点位，几乎位于荒郊野外，有的甚至不得不建在坟头旁边。白天还好说，到了夜里，四下漆黑，倘若再碰到该死的雷暴天，电闪雷鸣，狂风大作，独自守着个坟头过夜，就算是大老爷们儿，心里也得七上八下，缺了些安生。陈向阳跑了这么多年野外，胆子早练出来了，但不代表所有人都能如此。为了缓解年轻同事的心理压力，夜间，彼此拉开物理距离时，他会时不时用对讲机给大伙儿宽宽心，讲个笑话，或者逐一询问下状况，让熟悉的声音驱散夜的寂寥。

不过，有一次陈向阳自己也被吓了一跳。

二、定海神针

那是个闷热的下午，陈向阳正在测控点进行不间断测量，操作仪器的他，整个身心与仪器融为了一体，即便早已满头大汗，也仅是胡乱一抹，不挡眼睛便不去理会。

世界像是掉进了蒸锅，酷热、湿气大，似乎能从空气中滤出水珠儿来。

在汗水的恣肆中，时间一分一秒地朝前踱着方步，似乎与稍凉爽些的傍晚有着永远无法抵达的距离。不知流了多少汗，衣服上，白色的汗渍一圈裹着一圈，感觉放锅里熬一熬，能熬

出半两盐巴来……不知过去多久，云层中的太阳才开始慢吞吞
西斜。

仍没有风丝儿，但陈向阳还是觉得喘气舒服了些。他抬起头，
朝远处眺望了片刻。那里，伶仃洋浩浩汤汤，雄浑阔大，令人神往。
有白色的海鸟在岸边盘旋，忽高忽低，忽快忽慢，像是天空这
篇乐章的小小音符。有这么一刻，陈向阳恨不能也变成一只海鸟，
一头扎进那迷人的深蓝中。

突然，有怪异的响动传进了他的耳朵。陈向阳感到诧异，
急敛心绪，再听，声音没了。

"疑神疑鬼！"他自言自语道。

然而，那丝丝缕缕的动静像隐形的钢针，很快再次钻进他
的耳朵，刺得他心脏一阵悸动，嘴里就更干了，像是刚刚咽下
一口黄沙。他慢慢站起身，瞪大眼睛向身旁的灌木丛察看，绿
影婆娑，静谧如初，什么也没有。

但是，多年野外作业的经验提醒他：事出反常，切不可掉
以轻心！

选址，踏勘，征地，测试，方案制定，建设，验收……

在外行人眼中，测量是个技术活，测控人员应属于知识分子，
该是工地上最轻松的一类人——真正见过测量人员的工作状态，
真正清楚陈向阳和他的同行们每天要面对的境况，你就再也不
会有"他们的活儿很轻松"这种想法了。不仅不轻松，有时还
要承担不属于职责范围内的任务，比如为了建设一个控制点，
还要配合项目部去征地，要疏通当地的各种关系，确保事情顺
利圆满。这些，其实不算什么。有时，他们的工作环境还很危险，
根本无法预料会碰到什么。

此刻，陈向阳就处于这种突发的状况中。

目光在灌木丛中巡睃了一番，并未发现异常，但那奇怪的动静，还是让陈向阳提高了警惕。这里一年四季草木葳蕤，形成天然的藏匿之所，谁知道那些深深的草丛里究竟藏了啥？

再过一会儿，天该暗下来了，陈向阳排除干扰，打算抓紧时间推进工作。谁料，注意力才集中，耳边又传来了那个特殊的沙沙声。

猛地回头看去，陈向阳一下子怔住了。

一条眼镜蛇，一条一米多长的眼镜蛇，正在草丛中蜿蜒穿行，大概在追捕什么猎物，却又鬼使神差地停下来，扭过三角脑袋，直直地望着陈向阳——它也看见了他。

陈向阳知道这蛇只是路过，但蛇不知道陈向阳只是在工作，彼此本不相干，陈向阳也未做出其他动作，蛇却率先做出了反应。它先是将身体前段慢慢竖起，接着颈部两侧开始迅速膨胀，像是戴着帽兜的小怪兽，同时开始发出"呼呼"的声响，像是在挑衅，又像是在警告陈向阳。

陈向阳并非第一次在野外碰到蛇，但从未碰到像今天这条这么粗这么长这么凶猛的，何况还是一条剧毒的眼镜蛇，万一被它咬了，身边再没人救助，那可就真危险了。深中通道，在他脑海中还只是个模糊的、值得期待的影子，陈向阳可不愿梦想破灭在初始。

"我可没打算惹你啊。"嘴里说着，陈向阳还是缓缓地拿起一个三脚架。

眼镜蛇没动，仍在"呼呼"。

陈向阳没敢再动，心却怦怦狂跳，甚至觉得双眼有些酸涩，但他并未眨眼，仍死死地盯着眼镜蛇，警惕它的细微反应。心跳大概足有几百下了吧，那条倔强的蛇最终确认，眼前的人没有威胁，于是那小帽兜渐渐松弛下来，"呼呼"声也不见了。又过了有一分钟，眼镜蛇彻底卸下防卫，重钻回草丛，在一阵轻微的沙沙声中，融入自己的世界。

陈向阳长长地呼了一口气。平静下来，发觉浑身有些发软，像绷紧的弓弦被突然松开了一端，他急忙灌了几口温嘟嘟的瓶装水，又拍了拍胸脯，才感觉好些。

在野外，毒蛇虽然令人胆寒，毕竟不是经常碰到，测控人员真正的敌人，最难对付的敌人，是那些看着不起眼，却十分凶猛的毒昆虫——红火蚁、花蚊子等。有一次，独自值守测控点时，夜里，梁柱信被红火蚁咬了，次日清晨，整个后背都红肿起来，不得不送医治疗，好长时间才恢复，可见这种由国外入侵的红火蚁有多厉害。

陈向阳也曾被这种毒蚂蚁咬过，过去好几年，身上那个黑疙瘩还在。

而那些无处不在、叮人又烦人的花蚊子，对测控人员的干扰就更不必提，真是赶也赶不走、灭又灭不绝，你刚抬手，它就飞了，你要安心歇会，它会立即在耳边嗡嗡，很讨厌、很烦人，还必须忍着。

环境再艰苦，心中若是有了坚定目标，那么一切障碍都阻挡不了前进的步伐。短短的几个月后，2017 年的 9 月，深中通道项目测量控制中心的尖兵，克服重重困难，高标准建成了连续运行卫星定位参考站系统——深中通道 SZTD-CORS。

这是继港珠澳大桥 CORS 之后，国内第一个真正意义上的高精度桥梁工程 CORS！

其平面精度可达 2 厘米，高程精度可达 3 厘米，实现了全天候自动的连续观测，完全满足深中通道项目施工测量需求，为深中通道工程"桥、岛、隧、水下互通"顺利贯通提供了测量保障，在后来的实际应用中，得到了业主和施工单位的充分肯定。

路上基准完成后，还要在海上推动测量平台的建设。

在测控中心的统一调度下，陈向阳和同事们在深中通道全长约24千米的设计轨迹内，连续建设了八个测量平台，平均三千米左右一个，形成海上首级加密控制网，确保能将陆上的基准引导至各个平台之上。

一张无形的定位网，已在深圳至中山的海面上形成。

对于仍在设计蓝图上跃跃欲试的深中通道而言，万事俱备，可以放开手脚，在伶仃洋里蛟龙探海了。

三、深蓝搅拌

自小在缺水的地方长大，猛一天来到珠江口，站在伶仃洋的岸边，吹着腥腥的海风，望着暗流涌动的茫茫大水，甘肃定西人王刚，突然有股难以名状的情绪从心底升腾而起，很快弥散全身、溢满心房，令他不知不觉湿了眼角。

这么多的水，这么大的水，简直奢侈！

然而，他很快就领略到了大水的威力。

王刚，2007年毕业于长沙理工大学，工作履历丰富，曾在天津港待过一年，与同事们共同建设30万吨级的码头，也去过国外，同样从事码头建设。2012年7月，他又来到广东，参与港珠澳大桥的建设，这一干，就是三个春夏秋冬。

2016年10月的一天，王刚和中交第一航务工程局有限公司

（简称中交一航局）的同事们一起，初次来到中山。面对浩浩汤汤的大水，早已多方了解伶仃洋水况的他，仍感到巨大的压力潮水般扑面而来。作为一名普通的建设者，在他看来，港珠澳大桥已是自己事业的巅峰，而深中通道则是又一个巅峰。由巅峰到巅峰，由超级到超级，不是单凭流汗就能实现的，王刚和他的同行者们要付出很多——澎湃的激情与热血，冷静的坚毅与果敢。

　　按照设计，在深中通道的建设过程中，西人工岛尤为关键，不仅处于茫茫大海之上，还承担着海上桥梁段与海底隧道段的过渡转换任务，是座"会师"岛、"连接"岛，可以说是深中通道的重中之重。建成之后，外观呈菱形的西人工岛将长达 625 米、最宽 456 米，面积约 13.7 万平方米，相当于 19 个标准足球场大小，若从空中俯瞰，犹如一只展翅在伶仃洋海面上的鲲鹏，又似一只美丽的风筝。在满足基本交通服务的基础上，西人工岛上还将设置隧道管理站、救援站、通信站等必要的运营管理设施，以及路政、交警、消防执勤点、直升机停机坪、救援码头等。

　　这一海中仙岛，将成为粤港澳大湾区的多功能新地标。

　　未来的分量如此之重，王刚和他的同事们，又怎能不觉得"压力山大"呢。

　　海中筑岛，港珠澳大桥已有示范在前，西人工岛与港珠澳大桥人工岛一样，也是采用"钢圆筒围岛"的施工方式。

　　在港珠澳大桥施工过程中，工程师们发现，筑岛位置的海底，有深达 15 米至 20 米的淤泥层，无法采用常规的抛石斜坡堤，或者重力式沉箱结构围筑岛堰，可是避又避不开，很令人头疼。

工程师们还给这个讨厌的淤泥层起了个形象、生动的名字——"水豆腐"。"豆腐"也就罢了,还是"水"的、"滑"的,抛石、沉箱落到"水豆腐"上,就像脚底下抹了黄油,很快会滑出去,根本固定不住。

用钢圆筒围岛,则可以直接固定在海床上,中间再排水、吹填砂,形成人工陆域,可以很快形成稳定的结构,对海洋环境的污染也是最小的。经过周密计算,工程师们计划用57个直径28米的巨型钢圆筒,在伶仃洋上围出西人工岛的岛堰。

王刚和同事们抵达中山后,首先要做的事,当然是考察施工现场。

然而,经过对钢圆筒振沉位置的海床仔细探察之后,所有人不由得紧张起来。这里的海床,因泥沙长年累月地沉淀堆积,产生了优质的工业用砂资源,曾引发过大量的人为盗采。毫无节制地挖掘,导致施工海域海床地层硬度参差不齐,表面坑洼不平、深浅不一,同时又附着了厚厚的淤泥,有的地方很软,有的地方却遍布夹砂层,甚至厚达几米,硬度极为惊人,足以使钢圆筒变形乃至破裂。

显然,这里的地质条件,比港珠澳大桥人工岛的施工条件恶劣多了。

关键在于,若在这样起起伏伏、软硬不一的"水豆腐"上实施振沉,钢圆筒受力不均,加之水流快速冲击,很容易造成位置偏差,精度根本无法保障。这可是在大海中筑岛,设计师们都经过了精密的计算,只有严格按照设计施工,不出半点差池,才能保证顺利圆满,否则,极可能失之毫厘,谬以千里!

功亏一篑的局面一旦出现,将是难以承受的后果。

那段日子,王刚率领一支由十几人组成的攻坚团队,白天现场考察，晚上则和技术人员一起攻关，研讨技术方案。严谨的科学态度，催生了激烈的讨论，有时甚至像在争吵。为了西人工岛的顺利建设，每个人都把脑洞开到了极限，能想到的都想到了，该表达的都表达了……这时候要的不是一团和气，而是解决问题的办法。夜里 12 点前，王刚办公室里的灯就从没熄灭过，讨论到凌晨一两点钟也不是啥新鲜事。

每一位参与者都很清醒：这些按设计需要振沉海底的 57 个钢圆筒，这些将要围出西人工岛轮廓的 57 个钢圆筒，是这座岛屿的生命线，哪一个都不能出现半点偏差，他们也不允许这种偏差出现在自己手中。

海床地质问题一天不解决，后续的钢圆筒振沉精度将无法掌控，施工也就无法进行。

那些日子，海底的这些硬质夹砂层，这些裹着"黄油"的"铁板烧"，成为横亘在王刚与周公之间的"王屋太行"，令他无法进入深度睡眠，常常是好不容易睡着，一个念头跃出脑海，人立即又清醒了。

群策群力，集思广益，始终是攻坚克难的不二法宝。

随着各式各样的方案不断汇聚，终于有条可行性建议浮出水面，成为众人讨论的核心：当初，为了便于香港国际机场的施工，中交第四航务工程局有限公司（简称中交四航局）立足自主研发，克服了重重技术壁垒和技术难题，研发建造了全国产化的 DCM 船（深层水泥搅拌船），主要是用来将软土硬化加固处理。如今，大家运用反向思维，认为完全可以应用在将硬砂层变软上，也就是将"铁板烧"搅拌成"水豆腐"。

方向找到，立即行动。

好一番技术攻关，中交一航局的科研团队研发出了钢圆筒基础 DSM 预处理核心技术，用以降低硬质土地层强度，使钢圆筒工艺适用于软硬不均的地质条件，为在外海软弱地基上修筑人工岛等建筑提供了崭新、快捷、可靠的施工方法，达到了世界领先水平。

这艘水下深层搅拌船，王刚他们习惯称之为"砂桩6号"。

该船上有三根标志性的圆管，如果说这艘船就是一台巨大的搅拌机的话，这三根管就相当于搅拌机的搅拌头。它们沿着将要振沉钢圆筒的预定位置，用钻机深入到夹砂层，注入泥浆作为砂砾之间的"润滑剂"，然后开始搅拌，直至使这一区域变得柔软，成为"水豆腐"，达到施工要求，使钢圆筒振沉时更容易穿透这些硬质层，确保能平顺、精确地振沉到设计位置。

西人工岛建设中遇到的第一个大难题，就这样被王刚他们解决了。

向海水要施工空间的战斗，就此全面打响。

四、超级钢筒

经验的可贵之处在于，能让你在积累它的同时，产生创新思维。

而创新，才是发展的不竭动力。

港珠澳大桥人工岛的建设实践证明，用钢圆筒在海中围堰可行，深中通道当然会继续采取这种施工方式。但具体到钢圆筒的制造上，却又出现了变化。王刚清楚地记得，在港珠澳大桥时，人们制造钢圆筒采用的是"垒积木"的方式，先将钢板焊接成三米高的小圆筒，而后再把它们像垒积木那样一层一层搭上去，最后焊接在一起，形成一个大的钢圆筒。如此，钢圆筒的精度容易控制。不过，也存在一个明显的不足：耗时。

对于深中通道而言，最经不起消耗的，就是时间！

论证阶段，深中通道因这个因那个，已经耗费了太多时间。在经济社会发展如此迅猛的大背景下，粤港澳大湾区正在昂首阔步前行，珠江口东西两岸急迫期待多渠道、多途径、全方位地携手共进，深中通道被赋予的时代使命，不允许工期再拖延，在确保其百年使用寿命的前提下，必须加快建设速度。

工程师们明白，费时费工的"垒积木"方式，不适用深中通道西人工岛的钢圆筒制造。

怎么办？

问题被提出，王刚他们这支西岛建设的先锋队，必须寻出更佳的解决方案。

在普通人眼里，一个钢圆筒若是有车载油罐那么粗，就已经快到"筒"的极限了，但深中通道西人工岛将要使用的这些钢圆筒，每个直径足足有 28 米，相当于一个标准篮球场的长度；高度更是达到 35.5 米至 39.5 米，有十几层楼高；其中最大的一根钢圆筒重量接近 700 吨，相当于 20 架空载的波音 737 客机的总重量！

这一庞然大物竖起来，就是一座高塔，一个擎天柱，一次性制造，难度可想而知。然而，只要深中通道的建设需要，哪怕是孙行者的如意金箍棒，中国工匠们也能想出制造办法来。世间事，不都是人做的嘛。

"既然不能垒积木，还要节约工时，能否将钢圆筒一分为二制造，最后再拼接上下筒体？"在一次研讨的过程，中交一航局深中通道西人工岛项目技术负责人徐波提出了一个设想。

大家想了想，很快给予了认同。

"分成上下筒体拼接，制造难度会小得多，但就是……"

"如何？"有人问。

"上下筒体使用钢板、片体拼接的过程，各个环节的控制要十分精准才行……"徐波解释说。

他所说的精度，是必须将误差控制在毫米级以内，这对制造工艺要求极高。

经深中通道管理中心全面论证、考察，即将围成西人工岛的这57个超级钢圆筒，由上海振华重工和中航黄埔文冲船舶有限公司（简称黄埔文冲）来负责生产。这一任务的钢结构总工程量达到3.5万吨，而制造这些如此巨大的钢圆筒个体，在世界范围尚属于首例。

深中通道的第一个"世界第一"，即将在艰难中诞生。

为提高效率，节省工期，钢圆筒将在振华重工上海长兴岛基地、江苏南通基地和黄埔文冲龙穴厂区等同时制造生产。即便如此，为严控质量，制造一个钢圆筒仍需要大约30天的时间。

于人，这是一个啃下"硬骨头"的过程。

对物，这是一个制造"硬骨头"的过程。

按照设计，每个钢圆筒分上、下两个部分，分体制作。上筒和下筒都由纵向的6瓣圆弧形钢制片组合而成，即整个钢圆筒由12瓣钢制片构成。工人师傅们先制作出弧形的台架，经过精确调整后，将钢板单元吊装其上，确保弧度后，增加焊接保型模板，使成型的片体不再变形。接下来，再铺设软管道进行垂直气电焊，以焊缝错边小于0.4毫米的精准度，进行双面焊接。

无数次比对，无数次捶打，无数次焊接；叮叮当当，铿铿锵锵，吱吱啦啦。

钢圆筒的上、下部分，终于在灵动的双手中一一诞生，每一步都将误差控制在了毫米级精度以内。在严苛的质量标准下，大国工匠们再次创造了新纪录——分片圆周方向板厚中心弧长，控制精度在 3 毫米以内。

关注这一进程的人们，有的暗自松了一口气。

然而，深中通道这条巨龙仍躺在设计蓝图中，西人工岛的轮廓还没有一笔落到伶仃洋中，面对如此浩大、精密的工程，建设者们又怎么会与"轻松"二字挂钩呢。很快，在钢圆筒上、下两部分装配的过程中，问题像一只斑斓猛虎，冲出藏身的丛林，气势汹汹地朝人们扑来，所有人的心再次提到了嗓子眼儿。

钢圆筒制作的最终环节，是上下两部分要在胎架上进行精准装配。然而，当吊具将 300 多吨的上筒体吊起来，准备进行对接时，却怎么也无法实现严丝合缝。

难道，上下筒体的制作有偏差？

项目团队立即开始排查问题到底出在哪儿。一番紧张计算、校核后，所有测量数据显示，精度并没有问题——技术创新，不怕出现问题，就怕找不到问题的根源。莫名的担忧，开始在制作团队中蔓延，最后像藤蔓那样，从人们的身体中延伸出来，将整个施工现场都死死地缠绕起来，连呼吸的空气都变得黏滞了。

好在，这是一群责任感极强的人，更是一群不肯服输且心思缜密的人。

"是不是咱这个吊具不够完善？"现场研判时，有人抬头望着在风中轻微晃动的上筒体说。

一语点醒了众人。

2020 年 6 月 17 日，建设中的西人工岛（中山日报社供图）

"吊具对钢圆筒水平方向也有吊力，筒体无法顺直！"有人仔细检测后，断定说。

建设者们的心，齐刷刷落回了肚里。

工欲善其事，必先利其器。只用了不到一周的时间，项目团队就设计制作出了钢圆筒专用吊具——中国速度在深中通道再次得到了验证。

新吊具的下端，有 8 个吊耳，与上筒体圆周上的 8 个吊装吊耳形成垂直对应，在吊装过程中，上筒体只承受自身重力，不再承受水平方向的力，从而确保能稳稳当当与下筒体实现无缝对接。不仅如此，项目团队还在筒端圆周上均布了 18 个测量点，对筒整体直径进行测量，在进一步提升对接精度的同时，对筒壁垂直方向的 6 道焊缝进行对称焊接，实现了钢圆筒上、下部分拼装精度在 2 毫米以内，远远精于设计规定的 5 毫米要求。成型后，整个钢圆筒垂直精度更是达到了设计要求千分之一的三倍。

好一番艰苦作战过去，57 个超级钢圆筒，终于威风凛凛地伫立在了各生产工区。在天地之间，中国工匠们硬生生焊接出了 57 口钢铁之井，57 口可以通往未来的钢铁之井。

生产不容易，运输同样是个大问题。

接下来，如何将这些庞然大物从各地工厂安全地护送到海上施工位置，成为摆在工程师们面前的又一道坎儿。

事无先例，一切仍要靠自主创新。

事实证明，这些事儿，难不倒中国工程师们。

他们准备了两台起重量为 500 吨的门座式起重机，将钢圆筒一一吊至码头，而后使用大型浮吊进行装船，再陆续运到西人工岛施工现场。由于体形巨大，每次只能运输两个钢圆筒，在海上运输过程中，项目团队要充分考虑天气、水流等诸多因素，还要随时做好突发情况的预案准备，不能也不敢有丝毫松懈。

那些天，十几层楼高的钢圆筒，像敦敦实实的巨大烟囱，频频亮相伶仃洋水面。过往船舶上的人们，纷纷朝这些大家伙行注目礼。

所有人都在期待着，期待它们被钉入海底的那一刻。

当然，要将这些庞然大物精准地插入海底，且垂直精度必须达到千分之一，难度可想而知，与真的在"豆腐"上插一根筷子相比，有着天壤之别。

如此，反而更激发起了工程师们的创造力。

海中筑岛

第三章

　　西人工岛，是海上桥梁与海底隧道的过渡区，是整个深中通道的先行工程。

　　这只从陆地飞入伶仃洋的美丽大风筝，将在无数双手的牵引下，渐渐由蓝图变为现实。王刚和他的同行者们，将用汗水和智慧，在浩渺的水波之上，筑造出一座神奇的岛，一座将蓝天与碧水完美衔接的"仙岛"。

　　这将是一个庞大而复杂的工程。

　　更是一个不断创造人间奇迹的美丽工程。

一、锤定乾坤

　　王刚小的时候，家乡定西仍属于经济不发达地区，物质条件很一般，尤其通行条件，差得更不是一星半点，给他留下了深刻的记忆、痛苦的记忆、磕磕绊绊的记忆。渐渐地，他的心里生发出一个执念，确切地说是信念、是梦想：长大了，一定要尽己所能，去帮助人们建很多的路，很多平坦、宽阔、结实的路，方便人们的出行。

　　他愿意成为一块铺路石。

2023 年 7 月 20 日，建设中的西人工岛（黄艺杰／摄）

　　长大后，尤其是大学里所学的专业，为王刚的梦想插上了可以振翅高飞的翅膀，他开始跟着公司修建一条条路、一座座桥，最终加入建设深中通道这类超级工程的队伍，并成为骨干力量——在深中通道，他最初的职务是西人工岛项目生产管理部部长，事无巨细，关于生产管理的工作，都要参与，被同事们称为"西岛大内总管"。

　　然而，在 2017 年的"五一"国际劳动节之前，王刚的"西岛总管"也只能管一片茫茫的大水，别说西人工岛了，就是第一根钢圆筒，都还没有插入海水之中。

57 个硕大的钢圆筒已经完工待命，可究竟怎样才能将它们安全、顺利、精准地振沉到伶仃洋中，使这些庞然大物顺从、密实地围拢出西人工岛的轮廓，从而起到岛壁围堰的作用，还需要解决一个关键问题。

如何振沉？通俗地讲，就是如何将钢圆筒凿进深水之下的海床，使它们牢牢地扎根伶仃洋底。

当然得用锤子。但这个锤子，可不是常规意义上的锤，而是液压振动锤，且是锤组。王刚和同事们在建设港珠澳大桥人工岛的过程中，就曾使用过液压联动锤组，只不过那时的钢圆筒比现在深中通道用的细了很多，只需要"八锤联动锤组"就能实现振沉。

一个港珠澳大桥、一个深中通道，都用到了钢圆筒，只不过一个是矿泉水瓶，一个是方便面桶，体量的差距一目了然。

大物件当然需要更大的锤！

早在港珠澳大桥收尾阶段，改造振动锤组的事宜就已被工程师们提上了日程。当初，中国工程师们提出八锤联动振动锤组的设计构想后，经与设备制造方美国 APE 公司共同研发数月之后，构想成为现实。但由于缺乏经验，且受到成本制约、工期压力等，项目部始终未能将这一设备调至完美状态，在振沉的过程，设备受力不是很均衡，会产生轻微的抖动。

这种情况，在深中通道，绝不能再出现。

为确保深中通道的钢圆筒顺利振沉，中国工程师们拿出了新的方案：加锤。在原有的"八锤联动锤组"技术基础上，再增加 4 台 APE600 振动锤，以 12 台 APE600 型液压振动锤联动来实施振沉。单个锤可以从 APE 公司购买，但 12 个锤怎么组装起来，怎么按预设的标准协同作业，顺利完成振沉施工。这些都需要中国工程师们来摸索完成。

8 到 12 的变化，绝不是简单的加法。

为了保持设备运行平稳，技术人员对振动锤进行了一次大手术，首先将连接结构与供油管路进行了重新设计，通过模拟分析计算受力，确保 12 个 APE600 振动锤正常协同作业。接下来，技术人员又在振动锤动力柜上新增了油温、转速监控传感器，并重新设置了控制系统，使操作人员在操作台上就能完成指令操作。同时，在锤组两侧增加了配重结构，改良了设备稳定性，并自主创新设计了安装吊索分索器，确保了连接各振动锤的吊索受力均衡……

他山之石，我来制玉。

改造完成之后，全新的"十二锤振动锤组"不仅在振沉力量上有了跨越式升级，最大施重力达到惊人的 5900 吨，还可以将实时情况更直观地体现在仪表上，使设备更智能，也彻底解决了过去设备存在的受力不均、轻微抖动的问题，确保能将直径 28 米、十几层楼高的钢圆筒精准"入位"。

"天下第一锤"，准备完毕。

一锤定乾坤的时刻，即将来临。

2017 年 5 月 1 日上午，伶仃洋上空万里无云，天空呈现迷人的湛蓝色，苍穹显得愈加辽阔、深邃。没有风，风丝儿都没有，海水静得像是睡着了，只有各式船舶经过时，才会泛起梦的涟漪，很快又归于平静。

但是，西人工岛的施工现场，却是另一番情形。

海面上已停了一台液压振动锤十二锤组联动系统，远看很像一台大型龙门吊，上面漆着"中交一航"四个大字，整台系统如高高耸立的变形金刚，在其他工程船的护卫下，威风凛凛，气场强大，压得周边海水愈加不敢释放波澜，只能静悄悄等待。

王刚和他的同事们，虽说心里有底，那个底儿却也是紧张的、起伏的，毕竟这是第一根钢圆筒、第一个"巨无霸"振沉，顺利与否，将直接影响后续施工。万事开头难啊，即便是边边角角的细节全都考虑到了，但是在这难以捉摸的海水中，锤下这么个大家伙，结果究竟如何？对此，建设者们仍心有忐忑。

万一精度达不到设计要求，可就前功尽弃了！

紧张感，弥漫在这片水域。一只海鸥从上方掠过，似乎也感觉到了这种紧张，没敢发出以往的叫声。王刚的耳畔，安静极了。但很快，大型机械特有的沉闷的响动打破了沉寂。4000吨的起重船将写有"深中通道"的巨大钢圆筒吊起，稳稳地送至定位驳船侧方的预设位置，紧紧夹持筒身的液压振动锤十二锤组联动系统准备就绪。

起重船上与定位驳船上的施工人员不停地用对讲机交流着，仔细校准每一步动作，确保振沉精准、可靠。随着硕大的钢圆筒被一点点振沉入海，前期对海床的软化处理，此刻发挥了效能，曾经坚硬的夹砂层，早已被搅拌成了"豆腐层"，在振动锤的作用下，钢圆筒能一点一点、平稳地振沉进海床，并实现了正位率百分之百。

约三个小时后，上午十时许，深中通道西人工岛第一根钢圆筒振沉到位。

蓝图上的深中通道从二维的平面世界竖起一根定海神针，直直地插入三维世界的伶仃洋，朝着连接珠江口东西两岸的那一天，迈出了坚实的第一步。

望着稳稳当当矗立在海水中的第一根钢圆筒，在场所有的施工人员都暗自松了一口气，有人带头鼓起掌来。

接下来的日子，就是将 57 根钢圆筒一一振沉到位了。

施工时，现场大大小小的船机较多，各船舶驻位的空间非常有限，作业面交叉也就在所难免了。这势必存在安全隐患，也势必影响施工进度。为配合现场施工的需求，最初，王刚和同事们只能住在船上，以便每天梳理船机台班，合理调配各种资源。他这个生产管理部部长，为了科学管理施工现场，让西人工岛这一超级工程的一部分率先腾飞，可谓是倾心尽力，头顶烈日，身裹海风，没多久，肤色就已然黑黝黝赛"老包"了。

但一切都值得。

正是在这种争先恐后的艰辛付出中，他们创造了"一日振沉四个钢圆筒"的世界纪录。

他们仅用了 4 个多月的时间，具体地说是前后历时 141 天，就将 57 根钢圆筒精准地振沉入海，形成一个风筝形的岛壁轮廓。随即，这些钢圆筒通过副格被紧密连接在一起，形成一圈严丝合缝的壁垒。

西人工岛的俊俏模样，已经像一枚菱形印戳，被隐藏在空中的一只巨手，清晰地铃在了伶仃洋上。

2017 年 8 月 23 日，台风"天鸽"沿着珠江口南部沿海登陆，在掠过西人工岛施工现场时，中心附近最大风力可达每秒 45 米，成为有气象记录以来 8 月登陆广东的较强台风之一。"天鸽"袭击过后，王刚他们立即对每个钢圆筒进行了测量，发现位置几乎是纹丝不动，说明钢圆筒的结构和稳定性都经受住了考验。

这种施工方式，再次得到了很好的证明。

在钢圆筒振沉的过程中，筒内抽水、填砂等工序是同步进行的，当第一个钢圆筒振沉填砂后，王刚他们就从船上搬到了圆筒上面，搭起了帐篷。他们对自己振沉的"巨无霸"很放心，夜里，听着海风的呼呼声，竟然睡得很踏实。一天夜里，王刚从梦中醒来，迷迷糊糊地钻出帐篷，眼前的景象使他瞬时清醒，随即心就醉了。

夜空中，繁星点点，那些星星真的好大、真的好亮，像一颗颗眼睛大小的 LED 灯珠，将苍穹点缀得如一张镶满钻石的深蓝幕布，那些光芒，甚至照亮了钢圆筒附近的海水，使它们反射出幽蓝的光，似乎有无数银色的小鱼儿在伶仃洋里穿梭……

2017 年 9 月 18 日，西人工岛所处位置风平浪静，在这良好的作业天气下，最后一根钢圆筒被顺利、精准地振沉到位，西人工岛的"毛坯房"阶段完成，接下来，就该"精装修"了。

深中通道这项先行工程的顺利进展，为后续工程建设开了个好头。

从这天起，西人工岛不再只是一张效果图。

二、三维隔绝

快速成岛技术具备三大优点：快速、经济、安全。

钢圆筒可以很快插入海底，岛屿建设过程相对简单，建造周期短；使用成本相对较低，建造过程对海洋环境破坏小；振沉钢圆筒等材料时，不需要深入海底，也不需要采取爆破等危险方式，建造过程更加安全。

施工步骤一目了然，在外行人看来，无非就是围堰筑坝、抽水填砂。

然而，深中通道西人工岛的成岛，绝非如此简单。这不是在水流平静的湖泊或者近岸浅水区，而是在暗流涌动、变幻无常的伶仃洋里筑岛，稍有不慎，不仅会前功尽弃、延误工期，甚至可能发生安全事故。

在实施振沉之前，为保证钢圆筒下沉深度与稳定性，需要进行基础挖掘工作，要沿着圆筒四周打设40个直径2.4米的孔，这也是将"铁板烧"变成"水豆腐"的程序之一。最初，由于没有相关作业经验可借鉴，推进过程很是艰难。

那还是2017年的4月中旬，DSM船钻机施工正在进行，突然"咯噔"一声，一个恐怖、沉闷的动静，从海水中通过船体传上来，像是有只巨手一下攥住了钻头，船上的每个人都感受到了明显的震颤。

工程师们的心脏，也猛然一颤。

"万一真是钻机出现故障，这么昂贵的设备……"

"关键是不能延误工期啊！"

"咱这可是第一道工序，不会……"

人们不无担心。

忐忑中，操作员再次启动机器，钻机却毫无反应。不得已，只好将钻杆慢慢地、一寸一寸地向上提起，反复尝试。谁承想，三台处理机都试验过了，仍不见起色。施工只得停下来，认真分析研究，反复研究分析，有了把握后，再试再摸索。功夫不负有心人，在工程师们的共同攻关下，影响施工速度的几个关键要素——电流、钻机速度、下降速度等，设备之间的搭配极限，设备与人的最佳磨合，很快被摸索出来，且固定在最科学的操作状态。

施工得以继续。

随着时间的推移，随着工程的推进，机器操作员们也迅速积累起经验，通过听钻杆与限位架碰撞时的声响，观察钻杆是否发生变形等，便可以迅速判断出机器的运行状况。在短短四个多月内，项目部各工位实现了完美配合，DSM船技术日臻成熟，通过坐标定位，船舶可以实现24小时不间断作业，从最初一天只能完成七八个孔，逐渐提高到十几个，甚至创下了每天完成23个的新纪录。

工程师们这种开放的工作思维，勇于攻坚克难的信念，使西人工岛钢圆筒振沉得以顺利圆满完成。接下来，就是通过榫槽加装副格，实现钢圆筒内外海水彻底隔绝，而后排水填砂、筑岛伶仃洋，全方位开始施工。

相邻两个钢圆筒之间是有缝隙的，接近两米，无法完全隔绝海水，工程师们解决这个问题的办法，并不复杂，而且有效。用116片巨大的弧形副格，将所有振沉到位的钢圆筒无缝连接在一起，形成一圈坚固的岛壁。

所谓副格，就是针对两圆筒间缝隙专门制造的弧形长钢板，内外各用一片，顺着钢圆筒上预设的榫槽，向下插进海床，在两圆筒间形成一个封闭的空间，再像钢圆筒内一样，用运砂皮带船往里面灌砂填充，最终令整个西人工岛岛壁坚如磐石。

插副格的过程，钢圆筒千分之一的垂直精度至关重要，一旦偏差较大，副格无法顺利插入的话，将影响连接成岛。那些日子，王刚和整个项目部的同事们一样，每天心都悬着，唯恐哪个钢圆筒振沉不到位，唯恐哪片副格板无法下插到位。好在，从钢圆筒的生产到副格弧形板的制造，所有环节都严格按照设计要求，每个数值都是精益求精，整个西人工岛的成岛过程，就如一只制作精密的钟表，所有齿轮啮合得天衣无缝，才使得这只美丽风筝的轮廓，如期顺利地呈现在伶仃洋上。

也是在那段日子，当初小心翼翼从西人工岛施工现场飞过去的海鸥——哦，该是那些海鸥吧，又来拜访了。它们从王刚等人的头顶飞过，发出轻快的叫声，甚至有些胆大的，还飘逸地落在了钢圆筒上，边短暂休憩，边打量施工的人们。

这些人们真的很忙，以至于没时间与这些海上精灵打个招呼。

要在海域使用面积25.3万平方米的范围内，硬生生建成一个面积约13.7万平方米的海上人工岛，单单57个钢圆筒及副格内的填砂量，就需要82万立方米，相当于要填满328个国际级竞赛游泳池，而整个西人工岛内回填深度估算40米的话，砂石填方量更是会达到惊人的500万立方米。

绝对的大工程！

回填的那些日子里，往来运送砂石料的船舶络绎不绝，使本就海运繁忙的伶仃洋呈现百舸争流的磅礴之势，观之令人激动不已。西人工岛已经揭开了神秘的面纱，人们似乎感觉深中通道全面通车的那一刻即将到来，甚至已有深圳人将购房的目光投向对岸的中山市，投向了势头强劲的马鞍岛。

然而，随着工程的一步步推进，王刚等建设者的压力反倒越来越大。从设计蓝图上站立起来的深中通道，用现实的工作量和严苛的施工要求，提醒所有工程参与者们，这将是一项艰苦卓绝的超级工程。

"超级"两个字，不是随便可以添加的。

要付出大量的智慧、汗水、泪水或血水。

没有一蹴而就的伟业，没有一马平川的坦途。中国人很久以前就知道积沙成塔的意义所在，一块砖一块砖地垒砌，能建成万里长城；一粒沙一粒沙地填充，能填满一片海，更别说是一座岛了。

有了这种信念，日子过得就快了。

2018 年 7 月 23 日，节气大暑。

北方已是酷热熬人，遑论粤地。填满黄砂的西人工岛，上有烈日泼火，下有黄砂吐热，四周海水蒸腾，整个人工岛呈现飘飘袅袅的金黄色，远远地望去，像一只冒着水蒸气的金色风筝镶嵌在海面上。

每一粒砂都是滚烫的，若是穿着胶底鞋原地不动，撑不了多久，人就会烫得站不住，甚至鞋底会融化。

太热了！

熔炉般的天气下，七八台推土机仍在轰隆隆工作，它们并作一排，像勇敢的战士，雄赳赳、气昂昂地向前推进着，将刚刚由运砂皮带船传送进来的砂堆摊平、碾实——不仅是机器没有歇，岛上的 300 名建设者都在各自岗位上忙碌着，似乎这 40℃ 的高温只热黄砂、机器、海水，不热人。

又怎会不热呢？

只是大家都想尽快完成施工，尽快让深中通道横亘在伶仃洋上，尽快实现珠江口东西两岸的快捷连通。为了这个共同目标，中国工匠们以忘我的精神、坚强的意志，团结一致战天斗地罢了。这种甘愿洒尽最后一滴汗的工作状态，在深中通道中交一航调度员常青身上，体现得愈加淋漓尽致。

深中通道建设期间，常青将在这里工作、生活接近八年。

"人生能有几个八年？"常青常常把这句话挂在嘴边，"等工程完工以后，我会带女儿来这里看看，告诉她：你的爸爸，曾经在这里都干了些什么……爸爸也曾为国家重大工程出过汗、尽过力！"

脸庞黝黑的他，来自内蒙古的他，是条汉子、是个爷们儿。

然而，就是这样的硬汉，却在西人工岛落下了伤心的泪。

三、执着坚守

与甘肃人王刚一样，内蒙古人常青也是从港珠澳大桥直接转到深中通道来的，西人工岛从无到有的全过程，他都参与了。

2018年的这个夏天，常青和同事们驻扎岛上已经有段时日，至于究竟住了多少天，他才没工夫去理清楚。脑袋里装的，全是人工岛上的事务：人员调度、船舶调度、车辆调度、机械调度、器材调度……常常是两眼一睁、忙到熄灯，甚至有时大部分工友休息了，他还要瞪大眼睛在西人工岛上奔来跑去，像个移动的监控器，不停地搜索，唯恐哪个地方出现纰漏，导致工期延误。常青总是随身带着两部对讲机，一会儿对着这个说几句，一会儿对着那个喊几声，即便睡觉时，对讲机也要放在身旁，待着机充电，听到召唤就一跃而起，至于在什么时间段，那不在他的考虑范围。

他的嗓子常常是哑的，不停地喝水，也没啥效果。

这些，常青都习惯了。或者说，来者不惧，坦然面对。

只有一件事头疼，就是对家人的思念。不仅是他，所有在岛的施工人员，思念这件事，都是最令人难熬的。最初，西人工岛刚刚成岛时，这片海域范围没有移动信号，即便偶尔搜索到，也是从深圳、香港、珠海等地飘逸过来的，断断续续，根本打不通电话，更别提视频了。随着300多名建设者陆续登岛，一水的大老爷们儿令西人工岛上阳气爆棚，却刚有余、柔不足，少了些能调节情绪、纾解压力的氛围。

远离海岸，工期紧张，无极特殊情况，大多数人不愿，也不能随意下岛。这座海中孤岛，成了他们的整个世界。陪伴工友们的，除去工作外，只有浩渺的海水，猎猎的海风，以及偶尔从头顶掠过的海鸟。天气晴好时，趁着中午吃饭的空当，有人会站在岛的边缘，望向对面的深圳，虽然看不清活动的人和车，但能看到那些高楼大厦的轮廓，心里也是满足的。

于是，有工人休假回来时，将一只棕毛的中华田园犬带到了岛上。

像漆黑夜空划过的一颗流星，像万绿丛中乍现的一朵红花，这只小狗，成了汉子们工作之余最喜欢的伙伴。有人给这条狗起了个应景的名：金鱼儿——在刺目的阳光中，小狗真的像一条金色的小鱼儿，在西人工岛宿舍区游来游去，游到哪儿，就把欢乐带到哪里，使汉子们暂时忘却满身的疲倦，收获生活最简单的快乐。

当然，人们很关注金鱼儿的安全，不会让它跑去工作面的。

最初，金鱼儿给人们带来快乐，它自己也过得挺开心，吃饱了睡，睡好了玩儿……可是，随着西人工岛的建设全面铺开，随着建设者们越来越忙碌，也随着自己越长越大，几个月后，金鱼儿变得不那么快乐了，常常站在岛壁上眺望远方，似乎在寻找什么，身影像一只望天的半大狼。

"金鱼儿长成小伙子了。"有人打趣道。

"可惜这里只有它一条狗。"有人附和道。

"等竣工了，我带它上岸，也去找个女朋友……"有人郑重道。

人们嘻嘻哈哈一笑，各自去忙了。

工人们忙碌时，金鱼儿依旧站在岛壁上望啊望，却没人担心它，这里是人工岛，四周都是海水，一条狗又没长翅膀，能出什么危险呢？

事儿却真的来了。

这天一大早，周围的海面还朦朦胧胧的，在常青的调度下，各工位的人们已经开始了工作准备，就在早饭出锅之时，有人喊了一嗓子："金鱼儿呢，狗跑哪儿去了？"

大伙儿均一愣。

醒过味儿来后，大伙儿急忙四下去找，宿舍区却不见狗的踪影。又散开了在全岛找，边边角角都寻遍了，仍是不见。工友们有点慌了，尤其几个"90后"，大呼小叫起来，且查看了监控录像。

一个位于宿舍区外围的施工用探头，录下了金鱼儿的身影。

看情形是在后半夜，繁忙的西人工岛渐渐安静下来，除去灯影闪烁外，再无人员走动。昨夜月朗星稀，海风将伶仃洋水面吹拂得波光粼粼，显得整个世界更静了，时光像是凝滞了。这时，狗子金鱼儿从宿舍区它的小窝里走了出来，小跑着来到了迎风方向的岛壁边缘，仰着脖子，探着鼻子，似乎要从并不猛烈的海风中嗅出什么东西来。

"是不是闻到啥了？"看视频的一个小伙儿说。

"肯定啊，都说狗鼻子顺风能闻十里地的……"有人应道。

"可是，咱这岛，距离东岸也不止十里地啊，何况风是从南面吹来的。"有人反驳。

"这不是重点——"接话的小伙儿突然大叫起来，"金鱼儿要跳海！"

回看，果真。狗子在岛壁上原地转了几圈，突然纵身一跃，跳进了粼粼波光之中，且朝着水天一线的茫茫大海中游去，很快不见了踪影。

人们再也没见过在西人工岛上长大的狗子金鱼儿。

有工友也曾在岛的四周乘船仔细搜索了一圈，仍是踪迹皆无，问过往的船只，也都说不曾见到。几天后，人们晓得，金鱼儿凶多吉少了。这里距东岸最近的地方，也有个十几里的距离，距离西岸中山的马鞍岛就更远了，狗子不可能游上岸。

但谁也不再提这个茬儿。

就当它扛不住寂寞，上岸去找同类了吧。

又过了没多久，在王刚等管理层的努力下，西人工岛终于有了手机信号，虽说受海面强反射干扰和海上大型轮渡的影响，这些传递情感的信号时断时续，但终究是可以跟家人通上电话了，所有人都很兴奋。

调度员常青尤其是。

他的妻子正怀着二胎，常青没办法守在身边，每天能打个电话关心一下也是好的，也可以经常给远在老家内蒙古的父母打个长途，让二老放心，他们的儿子在参与国家重大工程，很光荣，很忙碌，很安全……

自从深中通道开工以来，常青就再也没见过父母。

他太忙了，根本没时间休假回老家看看，即便是和妻子、女儿，也有几个月没见过面了。常青每天面对的，除了脚下的黄砂，就是周围的同事、岛上的机械、海面上的施工船，还有最多的——阳光，肆虐的阳光，毒辣的阳光。

在西人工岛，汉子们个个都被晒得黑黝黝的，显得牙特白。

有意思的是，在常青看来肤色已经很黑的工友，见了他，反倒笑话常青，说他看着像非洲土著。常青这才意识到，原来，西人工岛上晒得最黑的人，竟然是自己。他是岛上公认最忙的人，更是每天暴晒时间最长的人。忙的时候，汗水流进眼里，常青甚至腾不出手来擦一擦，只得用力眨巴几下眼，将汗水从眼角挤出来。

被晒黑的皮肤，就是常青们的荣誉勋章。

在西人工岛，常青和他的同事们，已经把自己锻造成了一个个钢圆筒，坚硬、挺拔地伫立在岛上，为深中通道早日建成，贡献着智慧、汗水、岁月。一天最放松的时刻，也只有夜间休息时了。劳累了一天，除去值班人员外，大家各自躺在板房里，看会儿手机，给家里打个电话，信号不好时，哪怕去屋外左左右右、前前后后地找信号，心情也是舒适的。

这天，前半夜开完了调度会，常青回到宿舍已是零时，浑身倦得很。躺下后，外面海风的呼啸声，以及很久没能听到的海浪拍打岛壁的动静，一并传进耳畔。响动挺多，心反而是宁静的。说是台风"山竹"要来，这可是西岛成岛以来面临的第二次台风，相信一切会平安无事的。

常青对人工岛的抗风能力，信心十足。这是他和工友们一点点筑造出来的，他们建的是百年工程，信心是用汗水浇灌出来的。在这种踏实中，困意袭来，常青沉沉地睡去，很快陷入了深深的梦境。

外面的风越来越大，越来越猛，越来越狂。

时间，以自己固有的状态，不为所动地前行着，似乎到了凌晨时分。

突然，正在沉睡的常青猛地坐了起来。坐起来的他，感觉如鲠在喉，眼睛也是涩涩的，用手一抹，自己竟然哭了？再想，原来是做了个不太好的梦。

在深深浅浅的梦境中，他看到远在老家的母亲去世了……

良久，常青才从这悲伤的梦境中缓过神来，想给家里打个电话，看看时间，仍太早，就忍住了，却再也无法入睡，索性穿衣下床，拿上雨具，揣着对讲机，出了宿舍。

外面，台风带来的雨，依旧细细密密，风却小了许多。

西人工岛的四周，围着一圈用来保护岛壁的管袋围堰，常青担心它们被海浪毁坏，于是前去查看了一番。果真，有一段围堰的管袋外衣被打碎，里面填充的沙子已被海水掏走，必须采取补救措施——思念家人的情绪瞬间被驱赶得无影无踪，常青抄起了对讲机。

一天的忙碌又开始了。

四、海上鲲鹏

当初，西人工岛的这一设计方案出炉时，各方一看，都觉得十分新颖别致，这才使得它最终在方案竞赛中拔得头筹。

将人工岛设计成风筝形状，不仅美观，还可以有更好的分水效果，减少对水流的阻挡。竣工后，未来一百多年的沧桑岁月中，西人工岛会默默伫立在伶仃洋中，任湍湍大水快速流过，会尽显丝滑，还大海以更多的自由。

全线建成后，从空中鸟瞰，深中通道桥梁段将像一根牵引西人工岛的风筝线，中山一侧枢纽立交的轮廓则像是线盘，而岛体东端的"箭头"，为中空建筑，其内中央用作监控室，两翼可作为设备用房。2024年通车之后，人们无论是在周边海域乘船经过，还是坐飞机空中俯视，或是直接驱车抵达，都能从不同角度欣赏到桥梁和人工岛的曼妙身姿——在光线的作用下，西人工岛的形象将会不断发生变化，成为千姿百态的海中雕塑，为珠江口航行船舶指引航线。

西人工岛，不仅会成为伶仃洋上一道靓丽、优雅的风景线，还将成为珠三角、广东乃至中国的新地标、新景点、新符号。

安全，当然是重中之重。

建成后，西人工岛四周将有一圈墙顶高程为9米的防波堤，最外层是一圈硕大的扭王字块，以削弱波浪的冲击力。这些措施，综合考虑了天文潮、海平面上升时的水位等多因素影响，确保超级工程百年无虞。西人工岛隧道入口处的遮光罩，采用鱼骨式设计，明暗交替的布局，可以让司乘人员尽快适应隧道内外的光线变化。岛上主楼右侧，将建有标志性建筑，高达55米的风塔，外形上大下小，由多个多边形组合而成，整体极具个性，是深中通道海底沉管隧道的附属通风换气设施，能实现隧道内部的空气流动，是海底隧道的"呼吸系统"……

蓝图变现实，愿景变实景，需要付出岁月与心血。

这是天道，颠扑不破的真理。

在"西岛大管家"王刚看来，西人工岛已成为他的另一个家。只要人在项目部，王刚绝大部分时间都在岛上，与一线建设人员吃住在一起，为施工生产、安全管理保驾护航。岛上的日子忙碌而纯粹，因有了宏伟目标在前，人在劳累的同时，也对生活充满期待与激情。

灯火在前，无惧远途。

转眼，深中通道建设进入了第三年，已是总项目西人工岛

2023 年 11 月 24 日，深中通道西人工岛防浪墙（缪晓剑 / 摄）

　　2023 年 11 月 24 日，西人工岛隧道入口处的遮光罩。遮光罩如鱼骨一般，可以让司乘人员适应隧道内外的光线变化（缪晓剑 / 摄）

分部部长的王刚，又接到一个任务，要求西人工岛在 2020 年年初具备与沉管隧道海底对接的条件。

这又是一个攻坚的过程。

西人工岛施工团队需要在岛的东端浇筑一段混凝土"隧道"，一直向前，延伸至十几米深的水下，且要保证使用寿命 100 年。在此生命周期内，地基不能出现非均匀沉降，截口平面虽然达 400 多平方米，但误差必须控制在毫米级。

王刚清楚，啃硬骨头，打攻坚战，需要集中力量，全身心投入，自己和同事们不能心存半点侥幸，尤其作为负责人的自己，既要统揽全局，又要关注细节，包括建岛所用的每份材料、所需的每滴淡水，由谁负责，由哪些运输船从陆地运到施工现场，自己都要做到了然于胸。

超级工程，绝不能打无把握之仗。

各项建设已经全面展开，岛上工序多、交叉作业面多，需要现场协调的事情也多，王刚每天都要组织召开调度会，总结今天的任务完成情况，安排明天的施工计划。但是，变化就像伶仃洋上空的雨，说来就会来，比计划快得多，王刚需要随时应变。就当他和同事们摩拳擦掌准备大干一场时，2020 年年初，新冠疫情突然暴发，随着防控形势趋紧，西人工岛的正常建设也受到了影响。

关键时刻，王刚自觉坚守施工一线，与总营地十多家单位协调办公，确保各岗位施工人员陆续返岗，同时加强管理，严格落实检查、登记、测温、消毒等疫情防控措施，严格规范人员进出，守好第一道防线，确保了人员稳定、有序地进行施工作业。

就是在这种情况下，西人工岛岛头钢圆筒拆除工作开始了。

钢圆筒振沉是项繁琐、艰难的工作，拆除也不是简单事——体量如此巨大的物件，哪怕挪动一下，都是个移山填海的大事！

筒体及副格内的填充砂需要一点点挖出来，钢圆筒需要切割、起重吊装……这不仅涉及水上吊装、大量船舶交叉作业，还必须进行潜水作业，可以说每个环节都隐藏着巨大安全风险。尽管提前几个月，项目部就已多次召开专家会研究、推演，制定了科学的施工计划，但是当拆除作业真正开始后，王刚仍从始至终坚守一线，不敢、更不肯有半点松懈。

建设百年工程，再细心都不为过。

所有力量汇聚一点时，能撼天动地。2020 年 2 月 21 日，岛头五个钢圆筒拆除施工顺利结束，为首节沉管如期对接奠定了坚实基础。

做工程，做大工程，未雨绸缪是必修课，王刚和同事们深谙这个道理。

西人工岛要实现桥梁与隧道完美转换，必须通过现浇隧道来实现海底沉管与海上桥梁的连接，这一段现浇隧道，乃关键的枢纽工程，分为暗埋段、敞开段及五条匝道，全部采用明挖现浇钢筋混凝土结构。现浇隧道长 475 米，其中暗埋段长 175 米，与沉管隧道首个沉放管节 E1 对接；敞开段长 300 米，东侧与暗埋段相连，西侧与路基段相接，形成岛桥过渡，两侧与匝道连通，形成岛上互通。

为了深中通道早日竣工通车，自 2019 年 5 月起，岛上的暗埋段就已开始施工，50 多个小时完成首次浇注，拉开了西人工岛主体结构施工序幕。此后，项目部每月平均浇注两次，快速推进暗埋段施工。王刚等人带领施工团队克服长期奋战在封闭、

2023 年 11 月 24 日，从天空向下俯瞰，深中通道西人工岛又像一只鲲鹏，展翅在伶仃洋海面上（缪晓剑／摄）

单调、艰苦的海中孤岛的不利环境，克服高湿、高盐、高温、台风等恶劣自然条件的不利影响，从基坑开挖、高压旋喷桩打设、PHC 桩打设、结构施工，攻克了一系列技术难题，最终工程质量得到广泛认可。

进入 2020 年以后，因受疫情影响很大，外界很担心岛上建设能否按计划推进。其实，项目部早在节前，就进行了生产物资备料，河砂、碎石、水泥等，可以保证混凝土施工到 3 月中旬。同时，西岛隧道施工的设备，也在年前进了场。

西人工岛暗埋段隧道，采用的是现浇混凝土工艺，从东向西分为四个阶段，全长 175 米，结构安全等级为一级，为单箱双室管廊箱型结构形式，十分复杂，现浇隧道横断面宽度最小处 46 米，最大处 74 米，由于浇注体量大、钢筋分布密集、横断面尺寸庞大且渐变，施工中需要采用较多高大的非标准模板，难度较大，而其 100 年的设计使用年限，对耐久性、质量控制提出了较高的要求。

疫情之下，西人工岛 800 多位建设者克服各种困难，在王刚等人的协调、指挥下，重返工作岗位，启动了"大干一百天"劳动竞赛，创造了 30 天内完成四次大体积混凝土浇筑的记录，成为深中通道建设中一骑绝尘的先锋队。

2020 年 6 月 17 日，深中通道首节沉管安装成功，首节海底隧道与人工岛隧道精准对接，实现了"深海初吻"。8 月 30 日，西人工岛提前 60 天完成暗埋段现浇隧道施工任务。

随着时日的延续，西人工岛岛内、岛壁的各项施工有序推进，进展顺利。

到了 2023 年的年初，在王刚和同事们的齐心协力下，西人工岛这一珠江口的最美地标，已经顺利完成地下主体结构的建设，扛起了深中通道桥梁段与海底沉管隧道之间的过渡转换重任。

这只伶仃洋上的美丽风筝，是王刚、常青等建设者用努力和汗水浇筑出来的。

这只海上鲲鹏，定会如海上明珠般耀眼夺目。

第四章

极限枢纽

国内首个高速公路水下枢纽互通立交——东人工岛，为深中通道深圳端的门户工程。

除了承载项目海底隧道与桥梁交通转换外，东人工岛最重要的功能是通过机场枢纽水下互通立交，实现深中通道与广深沿江高速、宝安机场、大铲湾港区、大空港区之间的快捷交通转换。深中通道竣工后，经东人工岛水下互通立交，可东往深圳、西往中山，北往广州、南往香港，真正实现快速便捷交通转换、各城市间互联互通。

为实现复杂多向的交通转换，东人工岛采用了"一体两翼"的方案。

它是美与技术的结晶。

一、海陆两栖

广东的冬季，虽不像北方那么天寒地冻，但"回南天"那种死缠烂打的湿冷，也很令人头疼。2017年12月的一天，来自河北徐水的"80后"建设者刘坤，第一次站在深圳宝安机场南侧的福永码头侧岸滩上，就感受到了迎面扑来的凉意。

沉默良久，外表看上去静若止水，但刘坤的心壁上，却早已留下深深的印痕，像是刀子刻上去的：伶仃洋的水势真大，浩浩荡荡，横无际涯；头顶飞过的民航客机真大，发动机的轰鸣声震耳欲聋！

过往与现在，现在与未来，同时交织在他的心头。

2006年，农家子弟刘坤从兰州交通大学交通工程专业毕业，到中铁隧道局参加工作后，又在职读了江苏科技大学的工程硕士、中山大学的博士，彻底与工程建设事业紧紧绑在了一起。上大学前，刘坤当然见过大水，家乡地名里的"水"，也与一条河有关——据《徐水县志》中的《水文·河流》记载："漕河，又名徐河、徐水，亦称漕水，发源于河北省易县五回岭东麓。"刘坤以为，自己对水绝不陌生。然而，当他真正站在珠江口东岸的这片滩涂地上时，才真真切切感受到了大水与自己的缘分，以及它们所蕴含的力量。

浩渺的伶仃洋，已经向他发出挑战。

刘坤和他的同事们，将在这里干一番惊天动地的大事。他们要在脚下的这片近海滩涂上，将深中通道的东人工岛由蓝图变成现实。

东人工岛建成后，将长达930米，南北向轴线长1136米，陆域高程4.9米，陆域面积约34.38万平方米，相当于48个国际标准足球场。岛上设主线隧道与堰筑段隧道，以及实现交通转换的四条匝道隧道，主线隧道长1335米（其中堰筑段长480米），匝道隧道长1839米。岛上将建设一座千吨级救援码头，还有风塔、泵房、变电站、发电机房等房建工程及相关附属配套设施，房建工程建筑面积约10000平方米。

这是一个涉及陆地、水下以及空中的超级高难度工程。

　　这样的多方位枢纽工程，若按常规的施工方式来建设，难度可能会小一些，但也意味着会长出几千米的路程，将占用更多的土地。而这里恰恰是寸土寸金的深圳，工程师们必须充分利用每一寸土地与空间。水下互通的高难度施工方案，应需诞生——东人工岛及堰筑段隧道，将处于既有的广深沿江高速下方……

　　此刻，望着眼前的这片近海浅滩，刘坤，这位已经担任东人工岛项目常务副经理的工程技术人才，这位已经成为人夫、人父，正处于人生精力最充沛阶段的汉子，深深懂得自己和同事们将面对何等的艰难与艰辛。

　　"我已经准备好了。"他在心里对自己轻声说。

　　开工动员大会召开后，刘坤和同事们开始了攻坚战。

　　东人工岛的堰筑段隧道，是水下互通立交和项目沉管隧道的过渡交会点，乃全岛的重中之重。这一施工区域，恰好处于海陆交互相沉积地层，地质水文条件很是复杂，莫说是隧道建设，单是用钢板桩进行围堰作业，就需要克服海床上淤泥层过厚、海上风浪干扰、钢板桩本身嵌固较小、施工机械悬臂过长与航空限高之间的矛盾等多重不利因素。

　　工程师们必须一一对应，拿出可行方案。

　　施工船对海床开展旋喷桩地基加固作业，固结海床的淤泥层，增加地基的承载能力和稳定性；起重臂长，超过了航空限高，需要重新设计，把悬臂截下来一段，全部改装到 35 米以内……智慧加坚韧，科学加激情，在这潮起潮落十分影响施工进程的不利条件下，一根根钢板桩被打进了海床。快的时候，一个小时就可以打进一根，碰到风浪大、下面海床条件不佳时，可能

2017 年 12 月 21 日，深圳福永码头南侧海面，一艘体形庞大的挖泥船把抓斗伸向海底，标志着深中通道东人工岛正式动工开建（缪晓剑／摄）

几个小时也无法打进去一根，有时因波浪影响，垂直度没有控制好，偏差超出设计许可，就要拔出来重新打，遇到石块打不下去了，还要加大振动力，将石头击破。

一天天过去，人们的脸晒得更黑了，手掌磨得更粗糙了，但眼神却更坚毅了。

终于，3000 多根钢板桩，将这片浅海区域围拢，堰筑段隧道钢板桩围堰也顺利合龙，进入第二阶段——抽水填砂，形成陆域。

与此同时，岛壁基础加固也全面展开。

高峰期，施工现场有将近 1600 多名建设人员，热火朝天的场景，似乎将伶仃洋的海水都烫得翻滚起来。困难不会因为热情而有丝毫减弱，但热情可以令人排除万难。为了深中通道早日通车，为使珠江口东西两岸有个更便捷的融合通道，刘坤和他的同事们全身心投入到东人工岛的建设之中。

围堰抛石阶段，由于处于浅海区，海水的深度只有两米左右，大船根本进不去，即便用小船，也要趁着涨潮时才能进行作业，潮水一退，下面的淤泥甚至可能露出来。每天，仅能赶潮施工八个小时。在这段宝贵的时间内，二十多艘排水量 800 吨左右的施工船往来穿梭，在挖机、钩机的协助下，将大到 500 公斤的水牛石、小到 5 公斤的狗头石，扑通扑通抛到海水之中，最终石头要高出海平面 2.5 米，还要修筑钢筋混凝土达到 1 米左右厚度、高出海平面 7 米多的防浪墙……

堰筑段主体结构要分 26 个结构段施工，共需浇筑混凝土约 27 万立方米，最大单次混凝土浇筑方量近 4000 立方米，这是需要一次浇筑成型的，用到的钢筋种类繁多，具有单根钢筋重量大、劲性骨架搭设难度大、高性能海工混凝土控裂要求高等施工难度。

作为项目部的常务副经理，刘坤始终跟工友们干在一线。

这片区域，已经成为他生活的主场。

最初，刘坤是抵触做一个工程人的。

当年，从徐水综合高中毕业后，刘坤的理想是考南开大学，结果却被兰州交大录取了，当他发现还是学习工程专业时，不免有些失望。但农家子弟，有个大学上就不错了，本能促使他很珍惜这段学习时光。毕业后，刘坤被分到了中铁隧道局三处，去了无锡。那时，因深圳有大量的地铁和市政工程，三处的总部设在了深圳。

在无锡，刘坤工作与组建家庭两不误，一直待到了 2019 年，又来到了深中通道，妻子和孩子也跟着搬来了深圳。而这时，在这一行业摔打了十来年后，三十几岁的刘坤发现，自己的生活，乃至自己的命运，已经跟工程行业紧紧地镶嵌在了一起，我中有你、你中有我，甚至到了一通百通、融会贯通的地步。

他深深地热爱上了这一行业。

刘坤先后参与了无锡地铁 3 号线以及蠡湖隧道的建设。相较于现在的伶仃洋，蠡湖水总体平静，水深三四米，淤泥厚度不足一米，施工还算轻松。但那时也要围堰、抽水，再挖 14 米左右的基槽，利用基坑降水井，一直用抽水机排水，保证施工范围内是干燥的……正是这样的一次次施工历练，使刘坤的专业水平得到了检验与增强，从实习生到技术员，最终又成长为一名优秀的总工程师、执行经理。

刘坤一家在无锡生活时，孩子还小，对一切充满了好奇。有一次，一家人驾车驶过一条隧道时，孩子指着车窗外，很认真地问："这条隧道，是不是爸爸修的？"

刘坤记得很清楚，当时，自己听了孩子的这句话后，心里倏地有股暖流蹿过，"是，是爸爸修的！"

在深中通道，在东人工岛，每当工程上遇到难题时，刘坤总会想起当年的那一幕，更希望深中通道竣工通车后的某一天，他再从这里驾车经过时，可以跟人们骄傲地说：

"这座岛，这条跨海通道的建设，我有幸参与了。"

二、舷窗之下

卢佳成，1994 年 10 月出生，云南丽江人，妥妥的"90 后"。

在深中通道建设一线，尤其是 S03 标段——东人工岛项目，像卢佳成这样的小伙儿，在管理人员中占比超 80%，是整支队伍中精力最充沛、最活跃、最有冲劲干劲的生力军，无论在哪个岗位，都能干得风生水起，令人情不自禁为他们拍手叫好。

后生可畏，一直如此。

高中毕业那年，卢佳成离开家乡，考入福建省水利电力职业技术学院。2018年7月，学业有成，他又壮志在胸地来到深中通道东人工岛项目。彼时的他，当然不是总设计师，也不是总工程师，他就是他，一位在工地上负责测量工作的年轻人。但这个小伙儿做事认真、敢于挑担子，又属于那种耐看型的，头顶太阳晒，脚下海水蒸，每天看上去仍活力四射、精神抖擞，工友们都很喜欢他。

这样激情澎湃的热血青年，平生第一次参与国家重大工程，兴奋与自豪是充斥每个细胞的。在卢佳成看来，深中通道的建设队伍就像浩瀚的伶仃洋，自己只是其中的一滴海水，小得不能再小。不过，尽管那么不起眼，却又那么不可或缺——大海再浩瀚，也是一滴滴海水汇聚而成的。作为这大海的一分子，只要自己能够为国效力，就是快乐的，在学校里学的那些知识就没有白费！

哦，年轻一代对脚下这片大地的爱，丝毫不逊前辈。

报到第一天，卢佳成就兴冲冲上了工地。天气晴好，阳光充沛，烤得他汗水横流，浑身痒痒的，似有万只蚂蚁在皮肤上奔突。人和物，都像待在烤锅内。但工友们能受得住，卢佳成认为自己也能忍得了。只不过，有一种干扰因素的存在，却使他暂时无法集中注意力。

当然不是热，而是一种声音。

磅礴的，咆哮的，震耳欲聋的，空气都被压缩了的那种声响。这声音第一次传进耳朵时，刚刚戴上红色安全帽的卢佳成吃了

一惊，猛地仰起头，以至于帽子落到地上，也发出很大的动静，
却被从天而降的大声响死死压在了地面上。

就在这稍显混乱的瞬间，卢佳成看清了头顶究竟是什么。

没错，那是一架飞机，一架民航客机。

飞机，卢佳成见过也坐过，但他从未有过现在这种经历——
一架民航客机，像一只硕大无朋的铁鸟，从他头顶几十米高的
空中呼啸而过。卢佳成甚至觉得看到客机的舷窗内，有一位长
发女子正朝下俯瞰。

卢佳成百分百相信，那名女子也看到了他。

她会想到自己正在参与一项超级工程吗？有一天，她或许
会乘车经过深中通道，那时，她会想起在工程建设之初，她曾
坐着飞机从通道上空经过，看到下面正有个年轻的小伙在工作
吗？

哦，人生真是奇妙。

女子怎么想的，卢佳成不知道，也没必要知道。但他清楚
自己在想什么。初出茅庐，就能参与如此重大的工程，他不仅
觉得人生很奇妙，也认为自己很幸运。

卢佳成戴好安全帽，扛起测量仪器，大踏步朝自己的工位
赶去。

深圳宝安机场是一个具有海、陆、空联运的现代化航空港，
世界百强机场，中国五大机场之一。机场飞机的起飞频次非常高，
大概两分钟左右就有一趟航班起飞，高峰时段日均航班量更是
接近 1000 架次。

而深中通道的东人工岛，就位于宝安机场南侧。

当初，深中通道之所以选择东隧西桥方案，正是考虑到深

圳这一端的宝安机场有航空限高要求——东人工岛施工的过程，所有工程机械、物资器材，高度都要严格控制在 35 米以内。

至于频繁从头顶掠过的飞机，那就是对人尤其是耳朵的考验了。

到项目部的第一天夜里，周公刚刚在梦的边缘朝卢佳成招手，一阵地动山摇的轰鸣声就将他拽回了清醒状态，待飞机过去几分钟后，大脑又开始有点迷糊时，又一架航班飞来，人再次清醒……如此反复了几回，卢佳成"烙饼"烙得浑身冒汗，索性起身下床，来到外面，望着远处灰蒙蒙的海面发起呆来。

有风徐徐吹来，带着淡淡的海腥味，却令人不再烦躁。

世界很快就静谧下来。然而，这只是片刻。很快，又一架飞机从机场起飞，朝深蓝的夜空飞去，没等那一闪一闪的警示灯消失在卢佳成的视线，由远及近又再飞来一架准备降落的客机。

哦，这里最不缺的，大概就是热闹了。

白天，工地上到处是人，脚下是海水，远处有船舶，头顶有飞机，广深沿江高速上"唰唰"地过车，可谓是各种机械同处一场，各种声响杂糅一团，简直全是动态图。东人工岛即将在这样的环境下横空出世，在动的场景中绘就静的立体图，其间会遇到怎样的艰难呢？

每个人都暗自憋了一股劲儿。

不出所料，真正影响施工进程的，航空限高排在第一位。

重型吊车在东人工岛的建设中必不可少，有些施工的需求高度会达到 50 米左右，但现在必须改装，包括船吊，因吊臂高 60 米，更是要截下来一段，全部改装到 35 米以内。单单一艘船吊的改装，就将损失 50 多万元。超高的钢筋笼也要截成两截，到位后再用直螺纹钢筋连接，本可以一次完工的，现在需要两次，不仅增大了施工难度，更增加了施工成本。

但是，这一切都是为了航空安全。值得。

与宝安机场频繁起降的航班相比，卢佳成的测量工作，看上去稳稳当当，不会有啥惊心动魄的情节，但其实同样危机四伏，稍不留神，甚至可能带来无法想象的后果。

堰筑段隧道振沉钢板桩的阶段，为确保精准到位，尤其是确保钢板桩的垂直精度，作为测量人员，卢佳成要全程参与。那时，施工点周围仍是一片汪洋，没有测量人员的落脚点，他们只能利用船上的履带吊车将自己吊在海面上作业。无非是一个用钢板焊成的简易吊篮，人站到里面，吊臂吊着吊篮，伸到测量点上方。卢佳成拿着仪器，探着身子搞各种测量。同事则在后面用安全绳拽着他，避免一个不小心，人掉进大海。

卢佳成不担心自己，他担心的是手中的仪器。这些家伙，动辄几十万元。他宁可自己掉落水中，也不能让它们有个闪失。因保护仪器的意识很强，卢佳成常将自己暴露在危险中，同事不得不死死地拽着安全绳，防止他出意外。

有风的时候，是最不理想的状态。当海上的风速超过四五级时，不仅吊车的吊篮晃动幅度加大，没有振沉到位的钢板桩也会晃动，像一片巨大的树叶在水面上高频抖动，发出呼呼的声响，很是吓人。

这时，只能暂停施工，待风平浪静后，再一切继续。

2018年12月19日，东人工岛堰筑段隧道钢板桩围堰合龙。序曲结束，东人工岛建设的大幕全面拉开。

在抛石建设岛壁的过程，需要定位边线。每次抛石作业，卢佳成等测量人员都会乘坐冲锋艇伴随，待抛石完毕，他们要从船中跳到石块上，测量边线、标高、坡度等是否符合设计要求，出现偏差，需要动用挖机立即修正。

都是一些嶙峋大石，才抛下，千奇百怪，什么姿态都有。卢佳成和同事们走在上面，仿佛穿行于乱石阵中，旁边便是深不见底的海水，谁都无法预料下一块落脚的石头是否足够结实，会不会一个侧滑，人就出溜到海中。

但是，谁也没有退缩，也不能退缩。

有一次，卢佳成牢牢抱着仪器，小心翼翼地走在石头堆上，有海风吹来，将他额头上渗出的细汗掠走，令他稍稍感到爽快了些。几十米远的地方，一只洁白的海鸥不知何时落在一块半浸水中的大石之上，像是深色石块开出了一朵白色的花，很是赏心悦目。瞧准一块石头，卢佳成也轻盈地踏上了一只脚，那脸盆大小的石块却突然翘了起来，他的前脚顿时失去支撑，滑到了石头缝儿中，被狠狠磕了一下，剧痛令他倒吸了一口气。

好在，卢佳成手上没敢松劲，仪器仍稳稳地搂在怀中。

"卢，你的脚踝！"旁边，同事大叫。

卢佳成这才注意到，石缝中，右脚踝被蹭掉了一层皮，鲜血已经染到了石块上。

"没事，皮外伤。"卢佳成试了试脚腕，答道。

大家还是不敢掉以轻心，急忙接过他手中的仪器，用冲锋艇将他送到项目部，进行了包扎。到了第二天，脚腕裹着纱布的卢佳成，又出现在了施工一线。

2020 年 5 月，东人工岛深水区所有岛壁基础加固搅拌桩全部完成，转入筑岛施工阶段。

建设者们付出的艰辛，收获了阶段性成果。

三、深水为墙

作为"90后"的排头兵，河南开封人胡龙杰生于1990年10月，比卢佳成大四岁。胡龙杰初到东人工岛时，已是2019年的8月，之后没多久，岛上堰筑段隧道第二阶段抽水施工完成，形成了陆域。

接下来，就是硬化便道，开挖基坑了。

和卢佳成一样，胡龙杰同样见证了东人工岛从浅海区一步步崛起的过程，感到振奋之余，更为在人生三十而立的阶段能参与这样的超级工程而感到骄傲。当然，更多的还是历练，那种刻骨铭心的、影响深远的历练。

海中筑岛不易，筑造人生的岛屿同样不易。

2015年，胡龙杰毕业于河南理工大学土木工程专业，进入中铁隧道局三处工作后，去了三处在福建福州的一条高速公路项目，负责现场技术工作。在福州没多久，本来踌躇满志的胡龙杰便受到了身体和心理上的双重打击，一度产生逃离的想法。

搞工程建设，不仅是个脑力活，更是个体力活，而且还要面对艰苦的生活条件。在项目工地，胡龙杰没想到，现实与想象有着如此巨大的差距，没有干净整洁的办公环境，没有四菜一汤的饮食，没有安静舒适的住宿……一切远非毕业前同学们所憧憬的那样。

在福州干了一年多，胡龙杰准备离职。然而，当他下定决心的那个傍晚，无意中看到夕阳之下，一条高速公路像是由天而降的缎带，平展展出现在他面前，承载着落日余晖，承载着无数梦想与未来，向无尽的远方延伸而去，蜿蜒而坚定，大气而恬静。那一瞬间，胡龙杰心中某个柔软的部位被狠狠地攥了一下，以至于情不自禁湿了眼眶。

最终，他选择了留下。

几年后的某一天，亿万年来始终以滔滔大水存世的伶仃洋，竟然被劈开一道口子，露出了难得一见的海床……站在这陌生的地表上——深中通道东人工岛堰筑段主线隧道的基坑内，胡龙杰仰望四周高耸的基坑坑壁，想到头顶 20 多米高的围堰外，就是深达数米的海水，相当于一圈水墙虎视眈眈围堵在基坑四周，他再次意识到了建设者的伟大。

这些建设者，是人类文明得以延续的链条、绳索、道路。

为了国家的繁荣富强，多少华夏子弟付出了汗水与青春、激情与热血，自己能身处这一庞大群体中，能像一片绿叶、一滴雨水那样，点缀大地之美，成就大地之美，何其幸哉！

一股暖流在胡龙杰的体内翻涌、奔腾着。

一群人，靠聪明与智慧、坚韧与汗水，能够在伶仃洋的碧波之中开天辟地，挖出个全长 480 米，最宽 73 米，最深 20.43 米的巨大基坑，之后还要浇筑出最大厚度达 2.7 米的底板、侧墙、顶板，以及结构最大跨径 31 米的隧道，完成水下互通立交与沉管隧道的完美对接后，还要在顶板上铺设两米多厚的碎石、石块，防止隧道上浮，最终形成一个坚不可摧的水下工程，恢复原始海床面，在看似不变中，创造最精彩的变化，收获最神奇的变化。

哦，很快到来的那一天啊，胡龙杰的头顶，将再次覆盖 7 米多深的海水。

此刻，想到自己正在未来的海水中工作，这种感觉真的很奇妙，令人有了穿越感，胡龙杰不由得愈加庆幸。

当初，亏得自己坚持了下来。

花儿绽放世间之前，种子要在泥土中酝酿良久，它要变成幼苗，要顶破土壤，要吸收水分、捕捉阳光，要熬过长夜、经历风雨，才得以灿烂开花——一切美好的事物，总是来之不易。

最初，东人工岛堰筑段隧道的钢板桩围堰合龙之后，单单是抽水形成陆域，就用去很长一段时间。终于，水抽干了，开挖基坑，面对的第一难题是厚厚的淤泥层。这可不是一米两米的厚度，是十几米甚至更深的烂泥层，它们的存在，对隧道建设构成极大威胁，只有将这些软家伙全部清理完毕，才能进行下一步。

挖机上阵了。

上阵即开始下陷，虽然缓慢，却肉眼可见。有一次，胡龙杰看到，一台挖机已经深深陷了下去，淤泥快没到驾驶室了，驾驶员更是一脸的无奈。没办法，只能铺设钢板，做好支撑，再继续往下挖。那些日子，堰筑段基坑内，人歇机器不歇，"轰轰隆隆"的声响始终盘桓在伶仃洋的海底，像是龙宫在搞装修。

挖呀挖呀，支撑啊支撑，终于有一天，胡龙杰他们开始感觉脚下越来越坚硬——黄土层到了。喜悦，像潮水一般，在每个参与的建设者心中涌动。

但，这只是阶段性的胜利。

东人工岛及堰筑段隧道的基坑，绝大部分处在海平面以下15米至20米，体量巨大，围堰外碧波荡漾，围堰内地下水位与海水持平且与海水贯通，止水防渗是隧道建成的基本要求。如此的一个海中大坑，若是无法将海水彻底隔绝在基坑外，后果可想而知。

防渗止水，考验着工程师们的聪明才智。

钢板桩、止水帷幕、地连墙等防水防渗施工相继上马，同时安排监测人员，最多达二十多位，持续对周边水位、基坑变形量进行监测，构成多道防线，解决了海域深厚软基超深超宽基坑防渗止水的共性难题。

科技加谨慎，令这一工程固若金汤，从没发生过渗水问题。

2020年11月15日，东人工岛主线堰筑段隧道主体结构首段顶板浇筑完成，标志着全线施工关键线路中的控制性工程实现重大工序转换，为沉管隧道对接端施工，奠定了坚实基础。

那一天，刘坤、卢佳成、胡龙杰以及所有参与建设者，喜悦之情溢于言表。

在深中通道建设一线，生活给予建设者们的，不仅有紧张忙碌，也有温馨浪漫。

为早日实现珠江口东西两岸多维互联，促进粤港澳大湾区深度融合，建设者们废寝忘食、胼手胝足，化身为一根根坚硬的钢筋、一颗颗牢固的螺栓，将自己完全嵌入到整个工程中，甚至忘记了生活里还有斑斓的色彩。

但是，深中通道管理中心没有忘，东人工岛项目部没有忘。

时间进入2021年以后，东岛的各项建设进入关键期，热血青年胡龙杰也迈入而立之年。家里开始催婚，他只得请了几天假，赶回老家，与在县医院做儿科医生的女友成了婚。在老家举办了简单的婚礼之后，胡龙杰就急匆匆返回了东人工岛项目部，妻子也跟着过来暂住几天。

"你们这个是超级工程，谁不想一睹为快呀！"妻子笑着说。

闻听此言，胡龙杰骄傲得像一只开屏的孔雀。

妻子跟着来到项目部小住，胡龙杰却没时间陪伴。早晨，珠江口的水天交际处尚且一片朦胧，他就已经起床奔赴工地；

夜里，伶仃洋上空群星璀璨了，东人工岛上依旧灯火通明，胡龙杰和工友们轮班上岗。人可以歇，各项工作不能停。

忙碌中，一个温馨的时刻正在迅速酝酿。

这次，不仅胡龙杰的妻子来了，另外还有四对新人也是夫妻双双把"家"还，成为东人工岛项目的亮丽风景——之所以把五对新人请来，是项目部计划举办一次集体婚礼，一来为几对新人送上最真挚的祝福，留下最深刻的记忆，同时也让忙碌的工友们舒缓一下紧绷的神经，感受一下生活的美好，为接下来的建设任务积蓄能量。

2021年5月21日，一个风和日丽的好日子。由深圳市宝安区总工会、深中通道管理中心主办，中铁隧道局深中通道S03标承办的"缘起深中成佳偶·情定湾区绽芳华"青年集体婚礼在项目部举行。

这些可爱的人们，不仅在建设方面巧夺天工，生活中同样别具匠心。

为了给新人们留下终生难忘的记忆，项目部特地租了条游艇，组织五对新人进行了一场"海誓山盟·浪漫外拍"活动，以伶仃洋和深中通道在建工程为依托，让几对新人体验海上乘风破浪、深度融入项目施工建设，请新娘们近距离了解一下丈夫所从事的超级工程，也使胡龙杰等建设者从另一个角度感受自己参与的伟大事业，实现个人发展与双区建设的完美融合。

这是展示，更是激励，且不乏温馨。

那时，伶仃洋大桥的主塔已接近封顶，远远望去，270米高的塔身直刺云霄，像是向世界宣示着一种势不可挡、一种坚不可摧。新人们激动不已，以深中通道海上工程项目为背景，拍摄了很多照片。珠江口所有过往的船只，共同见证了他们人生中最美好的一刻。

回到婚礼现场后，伴随着浪漫热烈的《婚礼进行曲》，集体婚礼正式举行。与会嘉宾们热情洋溢，纷纷为新人们送上真挚的祝福。五对新人在现场领导、嘉宾和一线建设者的祝福与见证下，许下爱的承诺，携手走进婚姻殿堂，开始了新的生活。

2023 年 1 月 1 日，农历的腊月初十，胡龙杰和妻子的爱情结晶在老家诞生，是个男孩。

四、绝对防护

建设过程，总是充满变数与艰辛。对此，重庆小伙儿侯禹晨感触颇深。

出生于 1996 年 1 月的侯禹晨，从西南交通大学土木工程专业毕业后，就来到了深中通道项目。那时，他已经知道这一超级工程的重要意义。得知自己将在这里历练时，他很开心，学以致用的感觉忒棒，能让人充满力量感。

在东人工岛，侯禹晨最初负责施工管理——确切地说，是现场巡查，对施工的质量、参数等，进行严格把控。这不仅是个技术活，更是个体力活，有时一天下来，别管天气多热多闷，两万步是超出的。

广东本就热，到了盛夏，更是铄石流金。工地有工地的要求，出入必须戴安全帽，这就令人更热了。每天早晨出门，侯禹晨必先准备好藿香正气水，还会特意多带几瓶，碰到哪位工友出现中暑症状，也好救急。

堰筑段堰体回填砂施工时，为了控制施工船吹填的厚度，确保对称吹填，侯禹晨和几位同事需要围着堰筑段钢板桩转圈巡视，发现哪里吹填砂高了，要第一时间组织力量整平，避免给围堰的钢板桩造成额外的压力。这些钢板桩，长细比大，自由端长度有15—18米，容易倾斜，垂直度可控性差，在施工过程稍不注意，就会受到扰动。

侯禹晨的工作就是确保钢板桩完好。

填砂作业时，人是需要在桩外面巡查的。钢板桩外侧焊有一圈围檩，侯禹晨他们都是站在这上面，围着堰筑段查看。这些钢围檩，仅有一双脚并排那么宽，像是横亘海面之上的窄窄的单铁轨。为了在围檩上行走有个抓手，从而安全些，在大多数钢板桩的外侧合适位置，人们焊上了简易的扶手。其实，就是一截截横放的钢筋段，但可以把握。最初，侯禹晨在围檩上行进时，必须死死攥住扶手，觉得全身稳了才敢迈步，仍忍不住战战兢兢。没有扶手的地方，就只能是背靠钢板桩，面对茫茫大水，顺着围檩一步步朝前挪动了。眼前的这些海水，涨潮时，距离围檩也就三四十厘米高，给人的感觉是深不见底，有一种随时会被吞噬的恐怖；退潮时，围檩与水面又有了将近两米的落差，往下一看，感觉非常高，又令人害怕会随时掉下去。

堰筑段可是有3000多根钢板桩啊，围着它们走上一圈，要用去将近两个小时。侯禹晨不会游泳，尽管穿了救生衣，他也知道，一旦脚下没踩稳，伶仃洋不会对他客气。但他不能不继续完成自己的工作。深中通道对深圳和中山、对珠江口东岸和西岸、对粤港澳大湾区的意义，他再清楚不过，而东人工岛对深中通道的意义，他同样心知肚明。

别说是围檩，就是海上钢丝，他也必须过。

侯禹晨自己也相信，他肯定能坚定地走过去。

伶仃洋博大辽阔，更变幻无常。常常，刚才还晴空万里、烈日灼灼，转眼的工夫，不知从哪里飘来的云，已经塞满了头顶，还没等你适应暗下来的周围，那雨就瓢泼般下起来，令人猝不及防。

在别的工位上碰到下雨还好些，若正巧在围檩上，危险系数会陡然增大数倍。

那一次，在堰筑段西端头的钢板桩外，侯禹晨独自被风雨截在了围檩上。那雨说来就来，且来势凶猛。正是涨潮时分，海面上又起了风，呼啸的风雨很是吓人。载他们来的冲锋艇已驶回岸边，侯禹晨用对讲机呼叫了，赶过来至少需要20分钟。

他没有穿雨衣。风雨肆无忌惮地攻击着他，很快内外都湿透了，脚下的运动鞋里也灌满了雨水。好在，侯禹晨已经不是第一次上围檩了，心中并没有太多的恐惧，但紧张是有的。脚下，海水距离围檩也就几十厘米，有浪涌过来，海水拼命地舔舐着围檩，舔舐着他的鞋面、小腿。侯禹晨身体紧紧贴着钢板桩，抹了一把脸上的雨水，朝前方望去，伶仃洋上白茫茫一片，平日里往来穿梭的各式船舶，此刻都隐遁在了风雨之中……

2022年年初，侯禹晨暂时告别一线作业，被调到项目部办公室，负责收集整理科研课题，有一项就是关于基坑作业对既有广深沿江高速的影响及保护，涉及既有桥梁保护施工、海域低净空工装创新、海域旋喷桩施工、海上搅拌桩施工、桥下回填筑岛等多项技术研发与创新，其中不乏全国乃至世界首创的施工技术。

哦，"基建狂魔"，绝非徒有虚名！

最初，东人工岛设计所在位置，不仅是一片茫茫海水，还有一条沿海高速——广深沿江高速。东人工岛成岛后，它将南北方向贯穿成岛区域，且长度约有1200米，涉及41组桥墩承台。

最终，它将与东人工岛融为一体。

广深沿江高速是珠江口东岸城市的经济大动脉，承载着重要的交通疏解功能，每天车流量非常大。东人工岛在施工过程中，必须严格保护其不受到施工影响。

难度当然大。

最大的困难在于，涉及的41组桥墩承台均位于海水中，且水面之下有8—14米深厚的淤泥层，东人工岛在填筑及深基坑施工等过程，极有可能引起高速桥墩承台的变形，超过一定标准时，将给沿江高速带来安全隐患。

作为攻坚团队的一分子，项目部常务副经理刘坤对此有着清醒的认识。

首先，桥下淤泥层肯定不能清。清理，桥墩就会垮掉，只能加固。淤泥加固，全世界都没有成熟的经验，工艺上、设备上都没有。

没有经验怎么办？那就自己创造！

工程师们开始了试验，搅拌桩、旋喷桩分别上马，怎么搅拌、怎么注入水泥浆……一次又一次，不厌其烦、无谓苦累，最终实现了将淤泥变成固体的目标，且形成了专利。

而面对41组需要保护的桥墩，工程师们则采取多重隔离保护措施，要么用钢板桩、要么用钢管桩，将涉及的桥墩围拢保护起来。施工过程，为避免对高速桥梁产生震动，采用静压植桩进行施工，先利用导向架将第一节钢板桩打入土层，随后将第二节钢板桩与第一节进行焊接，待焊缝质量检查合格后，再将钢板桩整体施打至设计标高。同时，配以低净空自动预警装置，桥下吊装作业时可自动检测障碍物距离，过近时自动报警，便于施工人员更加精准地进行吊装作业，杜绝对桥梁的干扰。

保护桩内回填时，用绞吸船配以吹砂管回填，由中间向两边、按单层厚度不大于 1 米的标准，逐渐扩散，利用人工打水砣进行实时测量分层厚度，保证桥墩两侧对称分层回填，做到受力均匀，避免偏载导致桥墩位移、将大桥挤塌。

这是技术，更是态度。

为确保广深沿江高速的绝对安全，工程师们可谓倾心尽力，甚至给自己定下了苛刻的施工标准，要求回填对称偏差必须控制在 1.8 毫米之内。为解决船舶在桥墩周边吹填海砂时，只能集中吹填到一处，无法实时分散，从而产生短时应力集中的问题，他们创造性地采用了"砂被"的方法，进行填砂作业。

将海砂装进一个个特制的袋子里，做成一床床的"砂被"，然后再一层层均匀地摊铺在桥墩四周，有效地解决了偏载问题。

这才完成了工作的一半。

东人工岛筑岛完成后，主线隧道还要从沿江高速下面穿过去。按照设计，需要开挖一个长 70 多米、宽 46 米、深约 18 米的巨大基坑，坑壁距高速桥墩承台的最近处仅 1.17 米，可以说已经挖到了高速桥墩的"鞋帮子"，倘若控制不好，极有可能影响到沿江高速的安全。

必须进行基坑土体加固。

刘坤他们采取了新的工艺——用高压旋喷桩加固土体，在基坑两侧实施锁扣钢管桩及止水帷幕，在基坑下挖的过程，再配以伺服数控系统进行支撑。

支撑轴力伺服系统，是一套完整的基坑支护安全解决方案。其特点在于融合了数控液压技术、自动化监测技术和物联网技术，实时监控支撑轴力和基坑变形，能够根据基坑变形数据，

2023 年 11 月 24 日，东人工岛水下互通（缪晓剑／摄）

调控支撑轴力，全方位控制基坑和沿江高速的变形。一旦基坑出现变形，系统会根据压力自动调整支撑轴力。

基坑纵向、横向变形要求在 5 毫米之内，中国工程师们做到了 2 毫米之内。

在严谨加创新，在有条不紊中，东人工岛的各项建设朝终极目标大踏步前行着。

2023 年 6 月 20 日，随着主线隧道最后一段顶板混凝土完成浇筑，东人工岛主体结构施工全面完成，国内首个高速公路水下互通立交主体正式成形。

那一刻，好几位"90 后"建设者，红了眼圈。

历史，总会惊人地相似。

1980 年，我国一位老将军参观美国航母时，美方以军事保密为由，要求：只许看，不准摸！

老将军像个谦逊的"小学生"，踮着脚尖，用渴望的眼神，紧紧盯着航母的细节，唯恐漏掉哪颗螺母……

时光飞逝，37 年后的 2017 年，中国早已今非昔比，不仅拥有了双航母，经济总量更是跻身世界第二。然而，就在这一年，深中通道管理中心组织相关专家，赴某国调研学习沉管隧道建设时，我方不远万里过去，外方却不让他们靠近，也不让拍照，只能是看了个寂寞……

中国工程师们受到强烈刺激。

随即，自主研发与建设的战役打响。

一、钢的意志

深中通道 6.8 千米的海底沉管隧道，在公规院隧道事业部总工程师黄清飞看来，绝对是超级工程中又一块难啃的硬骨头。全长约 24 千米的深中通道，西人工岛、东人工岛、伶仃洋大桥、中山大桥……哪一项工程都是硬骨头，只不过沉管隧道这一块最硬、最难啃，也最引人关注。

毕竟是在深深的伶仃洋海底建隧道，毕竟要在那么深的海底隧道中通车，毕竟其使用寿命需要至少达到 100 年——如此关键性大工程，不引人关注才怪。

"再难，我们也会把它啃下来！"如今，回忆起这段往事时，黄清飞仍表情坚毅，目光灼灼，眼睛里似有火苗在燃烧、跳动。

深中通道确定东隧西桥方案之后，关于海底隧道究竟采用哪种施工技术，成为工程师们首先需要确定的关键。迄今为止，海底隧道的开凿方法主要有四种：沉管法、钻爆法、掘进机法和盾构法。在我国，修建海底隧道基本上采用两种办法：沉管隧道或在海底岩石层中挖掘隧道。

港珠澳大桥采用的就是沉管隧道。

跟沉管隧道相比，直接在海底岩层中挖掘隧道，所需的技术难度更高、条件更苛刻。正在建设的汕头湾海底隧道，就是采用这种施工方法的。在隧道挖掘之前，施工团队要进行大量的海底地质考察，从而规划出一条最合理的施工路线，然后才可以开工建设。而在深中通道，项目进行前期勘察时，发现通道全线均坐落于珠江口沉积环境中，且沉积物质不尽相同，海床底层稳定性差……

综合评价就是：该海域地质条件异常复杂，不适宜采用挖掘法建设海底隧道。

港珠澳大桥海底隧道的建设经验，随即发挥了重要作用。最终，经过多方论证，慎重研判，工程师们决定采用沉管隧道的方法，建设深中通道海底隧道段。

所谓沉管隧道，就是先在陆地上制作好隧道模块，用牵引船运输到指定海域，然后沉入海底，再像搭积木一样完成拼装，形成海底隧道。这一过程，说起来简单，实际难度系数也极高。首先，这些沉管模块，单一管节动辄有几万吨，堪比一艘中型航母，运输起来很困难；再者，要将这些"庞然大物"顺利沉放至深深的海底，最终实现严丝合缝的对接，同时还要考虑安全性、防水性和防腐性，其任何一个环节，都是对施工技术的巨大考验，绝不是一般国家能够实现的。

深中通道的海底隧道，将是世界范围内规模和技术含量均位居第一的海底沉管隧道。

中国工程师们，将向又一个工程巅峰全力登攀。

2010年，江苏盐城人刘健，在美国留学读博且工作三年后回国，先是在南沙大桥项目部待了三个月，进入9月，又开始参与深中通道的工作，后来担任深中通道管理中心总工程师办公室主任。

当初在同济大学读本科时，刘健读的就是桥梁工程系，留学美国读博也是这个专业，他到深中通道管理中心，属于回家，或者说归队，非常有归属感。34岁的他，正是英姿勃发的大好年华，精力充沛，视野开阔。能参与的工作，刘健几乎参与了，每天不知疲倦的样子，感染了身边很多人。

不是他想忙，而是必须忙，深中通道被提上日程后，各项工作越来越紧迫，别说刘健了，所有参与的人都忙得废寝忘食、披星戴月的。

时光飞逝，几年过去，深中通道的各项建设已在有条不紊中全面展开。2017年，确定了海底隧道采取沉管隧道的方式后，工程师们很快又面对一个新的问题，究竟是用钢筋混凝土结构的沉管隧道，还是用钢壳混凝土组合结构？

正是因为这个大问题，刘健很快熟悉了黄清飞。

他们一个学的是桥梁工程，一个是桥梁与隧道工程专业，虽然年龄上相差七岁，但共同的目标，使他们牢牢地捆绑了在一起，共同为团队出谋划策。

那是一段经常激烈争论的日子，甚至争论到面红耳赤。

"钢筋混凝土结构的沉管，目前我们的技术很成熟，但是……"一次，在论证过程中，黄清飞几乎一字一顿地向在座的专家们解释说，"若沉管的跨度大，那么再用钢筋混凝土结构的话，横断面的高度就会比较高。"

"若是用钢壳混凝土的组合结构呢？"有人抛出想法。

"以沉管的横断面相比较，钢壳混凝土组合结构的为 10.6 米，钢筋混凝土的则为 12.7 米……"黄清飞解释说。

专家们陷入短暂的思索中。

最终，深中通道管理中心主任、书记陈伟乐做了总结发言。

"深中通道设计为双向八车道，跨度很大，沉管结构需要具备适应超宽、深埋、变宽等建设条件的能力。同时，其承载能力、抗裂性能、耐久性，以及对海洋环境的影响等，都要考虑充分……"

陈伟乐专业性、全局性的思考方式，使他的发言更能启发思路、凝聚智慧。

海底沉管隧道的五大技术难题，成为工程师们必须攻克的堡垒。深中通道管理中心多次组织设计、科研单位进行反复比选，最终确定采用钢壳混凝土组合结构沉管。这种沉管结构，在日本有使用先例，港珠澳大桥也有用过端钢壳，但量不大。在深中通道，这将是国内首次大规模应用，需要边科研、边设计、边制造。

不久的将来，制造出的钢壳混凝土沉管将沉入伶仃洋海底，为车辆穿梭深水之下提供坚固的保护——这是一件绝不允许失败的大事！

赞同、疑虑、压力、分歧……不同的反应，不同的声音，像忐忑不安的蜂群，在工程师们的耳边嗡响，身旁萦绕。

最终，采用钢壳混凝土组合结构方式建设海底隧道沉管的建议，获得批准。

中国工程师勇于面对挑战，但也绝不盲目自大。

日本生产钢壳沉管的体量虽然没有深中通道项目这么大，但其技术在国际上是处于先进行列的。他山之石，可以攻玉。深中通道管理方计划组团前去学习，吸纳人家的长处，为我所用。

全长 6845 米的深中通道海底隧道，是世界上最长、最宽的海底钢壳混凝土沉管隧道。图为 2023 年 11 月 24 日，沉管隧道内部正在进行"精装修"（缪晓剑／摄）

于是，2017 年，我方聘请了一家日本的咨询公司（他们为日方钢壳沉管生产制造提供技术咨询），想通过他们前往日本生产钢壳沉管的企业，现场参观一下。

经沟通协调，2017 年 9 月 4 日，以陈伟乐为团长的一行六人，前往日本参观沉管隧道工程及部分桥梁工程。

按行程安排，其中一天要前往东京奥运隧道浇筑现场考察，谁料，事到临头，日本交通省却突然反悔，现场学习不得不取消。包括混凝土脱空监测技术，由于涉及核技术，也禁止出口。

憋了一肚子火，中方自己租了条日本的小船，打算让船家载着考察团去日方的施工现场转转，若是能近距离观摩更好，即便没人解说，对我方的这些专家也是大有裨益。却未曾料到，日本的船家也同样出尔反尔，只是把我方人员载到距离沉管安装现场 300 米远的地方，任你说啥，再也不肯向前行驶了。

中方专家们只能极目远望，恨不能将现场画面刻在脑子里——灰蒙蒙的海面上，有一个硕大的东西浮在水面上，有几艘船，有几个日本工人在忙碌，除此之外，什么也看不清。

"我们回去！"带队的陈伟乐总经理一字一顿道，"核心技术，必须靠自力更生！就是砸锅卖铁，我们也要造出优质的钢壳混凝土沉管！"

队员刘健用力攥了攥拳。

队员黄清飞摘下眼镜，用力擦了擦，重新戴上。眸子里，火焰燃烧得更猛烈了。

二、智能制造

钢壳混凝土沉管的制造，只能靠中国人自主创新。

深中通道海底隧道将由 32 个管节和 1 个最终接头组成，标准管节用钢量达到一万吨，沉管总用钢量相当于上三座北京鸟巢。每个标准管节长 165 米，内有 2250 个密闭仓格，结构复杂，对制造精度要求极高。

造这样的沉管，与造大型船舶相比，难度毫不逊色，甚至有超越。

2018 年 2 月 1 日，深中通道管理中心与广船国际有限公司（简称广船国际）、中船黄埔文冲船舶有限公司签订了沉管隧道钢壳制造（GK01、GK02 标）施工承包合同，标志着项目沉管隧道建设迈出了坚实的一步。

广船国际 GK01 合同段包括 18 个沉管隧道钢壳、1 个最终接头段和 1 个试验段，工作范围包括原材料采购、复检、管节钢壳结构制作、重涂装防腐等，标的金额超过 24 亿元。中船黄埔文冲 GK02 合同段共承接 14 个标准管节和一个实验段，合同总价为 18.76 亿元。

这是两家中标船厂非船业务历史上的最大订单。

深中通道的又一关键战役，即将打响。

首先，沉管管节在广州南沙龙穴岛的两大船厂内完成钢壳制造，然后运抵珠海桂山牛头岛进行混凝土浇筑，在浅坞区、深坞区完成一次舾装和二次舾装作业后，再由专用装备运至隧址进行沉放。

整个过程，每个环节都牵一发而动全身，充满了挑战。

因为，这必须是一个连续的、不间断的过程。包括沉管的钢壳制造、浇筑、舾装、整平、出坞、浮运、沉放、对接、回填等作业过程，可以说环环相扣、几乎"不可逆"，或者说，每个环节只能成功，不能失败。万一发生意外，不仅会造成重大损失，更会影响深中通道的整体建设速度，这个责任，谁都无法承担。

所有参与钢壳制造的大国工匠们，暗自攥紧了拳头。

内心最焦灼的，当属深中通道总工程师宋神友。

他和他的团队，对深中通道的感情就像爱自己的孩子一般。早在2010年，宋神友就参与了深中通道前期办的工作，是人们公认的深中通道"一号员工"。如今，面对关键的钢壳混凝土沉管制作环节，这位"一号员工"希望，能把制造的时间缩短至一个月。

这是在综合各种因素后，做出的科学决策，也是显得有些"大胆"的决策。

按照传统的制造工艺，制造一个深中通道海底隧道的标准管节，大约需要几个月，这在宋神友看来太慢了，远远跟不上深中通道整体建设的进度。他认为，我们的技术水平已经实现飞跃，在确保质量的前提下，只要改进制造工艺，提升制造效率，一定能缩短制造时间。

宋神友和他的研究团队，对此信心十足。

然而，很快有不同的声音传来。制造方认为将制造时间压缩到一个月是绝不可能的，甚至有人认为宋神友这是"书生意气"，是"纸上谈兵"。对此，宋神友及其团队提出了一系列可行改进方案后，在一次论证会上，他掷地有声地说："只要我们变传统工艺为智能制造，下大力攻克那些'卡脖子'的关键难题，制造一个管节用时一个月，是没问题的……"

会议室内，所有人都陷入了沉思。

对于深中通道，深圳、中山等了太久，珠江口两岸等了太久，粤港澳大湾区的深度融合更是等了太久，如今，各项工程正在稳步推进，关键的海底隧道项目，绝不能拖整个工程的后腿。

沉思的背后，是力量的积蓄。

当所有人的目光都投向终极目标时，力量汇聚过程遇到的所有阻碍，都会土崩瓦解。在深中通道管理中心的组织下，关于海底沉管隧道建设的所有施工单位、科研机构，开始了联合办公、合力推进，通过 80 多次方案研讨、300 多份图纸、23 项攻关，构建起国内第一条大型钢结构智能制造生产线，为不可能变成可能铺平了道路。

整个制造链条顺畅了。

2018 年 11 月 16 日，广船国际深中通道项目 GK01 项目负责生产管理的副经理龚庆德，发了个朋友圈，内容很简单，一张照片、一段配文。信息量却巨大。

照片中，水天苍茫，一艘甲板驳船载着一个硕大的、造型奇特的钢铁物件，正航行在汪洋之中。配文：成功运出深中通道 GK01 项目第一批货（足尺模型试验段），助力珠江口百年门户工程建设。

此图，能让人产生两个联想。

看似静止的一张照片，却能让人看到照片后面工程师们的科学严谨、坚定执着与艰辛付出，也能看到照片拍摄者内心的激动，现实中灰蒙蒙的水面，难掩他内心奔涌的激流。作为深中通道海底隧道钢壳制造的亲历者，龚庆德发这个朋友圈的时候，该是自豪与骄傲溢满身心的。

他和他的同事们，有理由骄傲。

为做好深中通道 GK01 标主体工程，广船国际专门成立了一个项目部，集中优势力量专攻钢壳制造。龚庆德只是其中的一员，与他奋斗在生产一线的，还有总装部党委书记、项目常务副经理邓凯，以及项目经理部总工程师龙汉新、副总工程师谢义东等一众精兵强将。

他们生产的钢壳，要保证至少100年的使用寿命，要保证在水下对接的精度、密实度。为此，对制造精度，如钢壳的倾斜度、不平度等要求极为严苛。港珠澳大桥是厘米级的，深中通道就是毫米级——在一个比标准足球场还要大的钢壳平面上，做到正负高差不超过10毫米，其精度要求是远超造船的。

龚庆德们所面临的，是全产业链的空白。

从制造、浇筑、转运，到沉放对接，都面临着关键技术的"卡脖子"难题。然而，困难从来阻挡不了攀登者的脚步。钢壳制造的最高指标就在那里俯瞰着、傲视着，邓凯、龚庆德们有信心将其拿下。

为将信心变成实力，他们用了近半年的时间，做了这个长18米、宽23米、高10.6米，有着114个仓格的足尺寸模型，并在2018年11月16日这一天，运往桂山牛头岛进行混凝土浇筑。

万事开头难。

通过这次全链条的运转试验，验证了钢壳混凝土沉管制作的全过程，为后续正式管节预制的人员、设备、材料配比、施工组织等，提供了重要的技术能力储备。在这之后，深中通道管理中心和广船国际南沙龙穴制造基地合作，结合BIM信息技术平台，建设了钢壳智能制造"四线一系统"，大力推行智能钢壳制造，大规模应用机器人智能化焊接、智能化打砂、智能化喷涂。

智能制造，当然离不开人的管控。只是人比过去少了，生产效率却比过去高了。

但在深中通道 GK01 项目焊接负责人刘博看来，该付出的心血丝毫未减，因为人少了，留下的人承担的责任也就更重了。

在如此重大的国家工程、超级工程面前，哪个人的内心都不会轻松。

原来，片体制作一个班组有 20 个人，推行智能化制造后，只需要 6 个人。智能焊接机器人的焊接速度达到了每分钟 0.5 米，"机器换人"极大提高了焊接效率，也提升了焊接质量的稳定性，让每一节沉管约 270 千米的焊接变得简单，且保证了永远的品质如一。而他们独立开发的焊缝地图、安全管理系统，进一步提高了生产效率、质量和安全控制水平。

刘博喜欢机器人焊接时的流畅、精准，有着一种冷静的机械美。

大线能量焊接时，40 毫米厚的钢板，在高能量电弧的作用下，迸射出的火花如火山喷发一般，炫目、震撼……

三、锻造百年

在广船国际，工程师们对整条生产线进行了彻底改造。

每节标准钢壳重约 1.1 万吨，物量与 5 万吨的船舶类似。广船国际的项目部从钢壳主体结构、施工技术与生产管理特点出发，结合厂区现有的先进设备设施，在钢壳制造中开展智能制造，通过科学高效的生产管理、合理的工期控制，实现管节钢壳总拼的串联生产，在保证工程的整体建造质量前提下，实现了每月交付一个管节的高效建造目标。

其中，车间智能制造是核心。具体包括：板材（型材）智能切割生产线、片体智能焊接生产线、块体智能焊接生产线、智能涂装生产线，以及面向制造业企业车间执行层的生产信息化管理系统（MES）。

在对片体、块体焊接的过程中，他们采用了3D扫描系统，对工件进行读取，自动获取工件信息，并自动生成焊接程序，顺次对提前拼装点焊了的小组立板材进行焊接作业，无需3D图纸导入、人工编程及示教。

片体制作、板单元制作、组件制作、块体制作、小节段制作、小节段涂装、预留预埋件安装、管节总拼……

若在普通人眼中，钢壳正式投入生产制造时，就像魔术师在进行着高超的表演——钢板从生产线的这一段进入后，但见厂房内秩序井然、人员稀疏，却有机械手灵活往来，闪转腾挪间，那边已出来一段段、一节节制造好的块体；再看，块体变成了节段；又过几日，那硕大无朋的超级钢壳，已经矗立在人们面前。

然而，对于一线制造者而言，进程却像在翻山越岭。

一路上有曲径、峭壁、沟壑，更多嶙峋顽石，也不乏荆棘、灌木、拦路的大树，但也有路旁的野草、灌木丛中娇艳的花朵，以及终点的豁然开朗、鸟语花香。

智能制造，为钢壳混凝土沉管的生产赋予了新的能量，但机器再高效，在全过程起决定作用的，依旧是人。每节钢壳的完美制造，离不开人的细心、耐心与兢兢业业。

又一个子夜时分，又一个不眠之夜。南沙龙穴岛，白天的暑气依旧萦绕在角角落落，且仍有团团潮湿热气从珠江口的水面上不断涌来，将广船国际的钢壳制造现场包裹得闷热异常，像是被封在了笼屉中。

现场技术负责人谢义东的工服早被汗水浸透，但他只是将领口拉链朝下轻轻拽了拽，再也不去理会，目光依旧牢牢地锁定着面前的一个人，以及一台仪器。

"怎么样？"谢义东略显焦急地问。

"应该……"正在全站仪前测量端钢壳垂直度的吴祺盛欲说还休。小伙儿才二十多岁，担心是自己测量得不准，边说边调试仪器。

谢义东本来心焦，见吴祺盛脸上的汗珠子悬到下巴上了，也没工夫抹一把，既心疼又觉得有趣，于是笑道："说！别吞吞吐吐的。"

"嗯——需要微调2毫米。"指着不远处端钢壳上的一块钢板，吴祺盛说。

"不平？"谢义东的心里咯噔一下，急忙自己去仪器上看。果真，小吴没看错。好在问题不大，谢义东悬着的心又落回肚里。他将项目精度负责人刘钱叫了过来，让他安排工人赶紧进行微调。

刘钱了解了详细情况后，急忙带人去了。

这时，谢义东才看到吴祺盛用力揩了一把脸上的汗，将那些晶莹的汗珠甩到地上，像是将闷热也同时甩开了。

"你和谢文安辛苦一下，看仔细些。"谢义东叮嘱道。

"放心吧，东哥。"吴祺盛答道。

不远处，三十出头的测量员谢文安也朝谢义东点了点头。

谢义东心里安生了些。

这次端钢壳制造，尽管有经验有技术做支撑，但时间紧，任务重，作为现场技术负责人，谢义东的神经始终紧绷着，不敢有丝毫松懈。包括他在内，负责生产管理的龚庆德、刘博以及项目精度负责人刘钱等，七八个人连续几个通宵都是这么度过的。

为了测量精准，必须避开白天的高温时段，等到夜里钢壳温度没那么高了，才可以进行。尤其端钢壳，作为管节柔性接头的关键，是用来安装止水带的钢构件，是管节结构中最重要的永久性构件，其制作精度，在整个管节制作中乃重中之重。

马虎不得。

谢义东等人，必须保证端钢壳面板不平度小于4毫米，横向垂直度、竖向倾斜度不超过3毫米，其中，与止水带接触面的面板区域不平度不超过1毫米。一丝一毫，关系到未来沉管隧道的安全，是性命攸关的大事！

谢义东是真的担心出现问题。这么大的一个钢壳体，倘若因为测量不准确、不严格，导致产品报废——不可能拆开重新再来，如此造成的损失，将会惊人！

没有预案，紧绷的神经就是最大的预案。一旦发现哪里的焊接出现偏差，则立即纠正，且分毫必争。这样的夜晚，对于这支特殊的小分队而言，已是司空见惯。

长夜总漫漫，灼灼赤子心。

海底隧道的沉管采用钢壳混凝土结构，制作难度大，但优点也很突出。

按过去的建造技术，车道内的交通设施、管节内的机电设备、消防设备等舾装件与壳体连接的部分，需要等沉管安放海底后才可以上马，如今提前在钢壳建造时便安装了。这就意味着，可以将隧道沉放后需进行的安装工作，前移到船厂，不仅施工的环境大为改善，安装起来会更便捷，且材料统一集配，效率也会更高。

当然，效率只是人们追求的一个方面，安全才是终极目标。

为确保钢壳沉管的安全，更为确保海底隧道百年无虞，工程师们已将自己和集体的聪明才智发挥到了极限。

钢壳沉管浇筑水泥后，最终要沉放到几十米深的海底，管节的钢结构为不可更换部分，也不可能更换。因此，其设计使用年限为100年，只是必须满足的基本要求。但在这漫长的100年里，即便是在陆地上，钢制物体也会渐渐腐蚀，更何况在高盐、高湿、高压的伶仃洋底，海水对钢结构的腐蚀情况只会更严重。

如何防腐，成为工程师们必须要解决的重大问题。

对此，深中通道总工程师宋神友在向外界介绍这个情况时，却是信心十足的样子。全因他们采用了三种技术手段，以三管齐下的方式，做到了钢壳防腐。

首先，管节迎水侧预留腐蚀厚度，所用优质钢板的最厚度达到40毫米；再者，加以重涂装，为保证管节防腐使用年限，采用玻璃鳞片漆，干膜厚度达700—1000微米；还有，在钢壳迎水侧增加铝合金牺牲阳极——钢质结构在海洋环境中的腐蚀，主要是电化学腐蚀，阴极保护可以有效防止金属在海洋腐蚀环境中的电化学腐蚀。

一个令人挠头的大问题，就这么被中国工程师们解出了完美答案。接下来，在严谨与创新的不断交融中，在科学与意志的齐头并进中，管节钢壳的制造驶入了快车道。

2019年6月26日，早晨7时48分，广船国际深中通道项目GK01项目部负责生产管理的副经理龚庆德，再次发了个"炫耀"的朋友圈：

深中通道项目GK01标第一个管节完工出运，准备交货。

哦，首节钢壳诞生了。

四、赴约重装

显然，龚庆德在朋友圈"炫"钢壳管节的这个上午，他很高兴，甚至可以说很激动。然而，作为龚庆德的同事，广船国际深中通道GK01项目常务副经理邓凯，心情却比龚庆德复杂得多，仿佛他的心底被某种神奇力量突然凿出了几孔泉眼，各种情绪像趵突泉的泉水，咕嘟咕嘟往外涌——有喜悦有释然，有获得也有失落，更多的像是从远处注视自家孩子拖着行李箱，奔赴大学校园的那种既希望他从此振翅高飞、又很是不舍的感觉……还有些酸楚夹杂其中。

这种一时半会说不清、道不明的情绪，像是定身魔咒，将邓凯定在了船厂码头的一只黄色铁皮箱上，久久未动。

邓凯个子很高，清瘦，穿着蓝色工作服，腰间扎着橘色安全带，头戴白色安全帽，劳保手套随意地掖在后腰上，身体坐得挺直，像钢壳的棱角，使他看上去具有一种理工男独特的庄重美，以至于同事忍不住，在邓凯身后不远处偷拍了他，也为他留下了一张别有滋味的照片。这张照片，记录了邓凯生命中值得追忆的一刻，更真实记录了深中通道项目普通建设者的精神世界。

照片上的邓凯，当然是一动不动。

现实中，那一刻有海风裹挟着伶仃洋的味道，像无形的丝带萦绕在邓凯周围，拂在他脸上，柔柔的、滑滑的，但他依旧纹丝不动了许久。那颗心，却在热烈地跳动。直到那个曾被他和同事们日夜守护过的"巨无霸"，缓慢地、执着地驶出他的视线，消失在海天一色的苍茫中，邓凯才站起身，返回车间，开始了新的忙碌。

2019年6月25日15时许，广船国际深中通道GK01项目首个管节E1钢壳顺利实现过驳、坐墩。

2019年6月26日早上7时，E1管节钢壳出运仪式刚刚完毕。7时30分，硕大的钢壳像一艘巨轮，在半潜船"黄船030"的托运下，镌刻着记忆与期待，离开龙穴制造基地港池码头，驶向伶仃洋，向珠海桂山牛头岛驶去。邓凯照片中记录的，正是这一激动人心的时刻。他和他的同事们，克服了重重困难，终于将"第一个"做了出来。

这完美的"第一个"，坚定了人们的信心。

E1管节钢壳长123.8米、宽46米、高10.6米，总重达8716吨。如此大的一个钢壳结构，边边角角都很金贵，从龙穴制造基地港池码头往半潜船移动时，为了避免出现任何偏移，导致钢壳变形，甚至出运失败，工程师们提前准备了最先进的SPMT（Self-Propelled Modular Transporter，自走式模块化平板车）模块小车和移船小车，进行了编组联合作业。上下控制时，小车主动，模块车随动；前进时，模块车主动，小车随动。

还要考虑潮汐。因为半潜船与岸基是不平齐的，需要等涨潮时，待船甲板与岸基平齐时，再通过编组小车，缓慢而平稳地将钢壳移动到半潜船上。

整个过程，可谓是小心翼翼，像挪动一个刚出生的婴儿。

为了这次出运，钢壳制造基地已经演练了两次，且提前派出支援组赶赴桂山牛头岛，为钢壳上岸做好了充足准备。

与此有关的人们，都做好了准备。

这一天，伶仃洋风平浪静，天空中有淡淡的云朵，海面上少了往日的那种湿热。硕大的 E1 管节钢壳，在半潜船的托运下，撵着细碎的浪花，朝向目的地执着前行。四周，几条护航的船舶在钢壳面前显得那么小巧、灵活，像是护卫舰在守护着航空母舰。

赴约浇筑、赴约重装的 E1 管节钢壳，此刻头顶"不忘初心、牢记使命"八个金光闪闪的大字，在伶仃洋上接受着过往船舶的致敬。有游艇远远经过，游客情不自禁拿出手机，将钢壳那四平八稳的样子拍摄下来，回去讲给家人们听时，大概会如此说："天啊，我看见深中通道海底隧道的管节啦……"

"真大，像航母……"

"哦，更像一座长方形的钢铁岛！"

8 小时后，6 月 26 日下午 3 时 30 分，经过 36 海里的缓慢航程，半潜船载着 E1 管节钢壳顺利抵达目的地。珠海桂山牛头岛——世界上最大的沉管预制智慧工厂，早已敞开怀抱，期待着钢壳卸驳上岸。

它跟它，将有一次亲密的接触。

在这里，管节钢壳将进行自密实混凝土浇筑、一次舾装、二次舾装等工序，为海底隧道沉管安装进行准备。

参与深中通道建设的所有人，都在期待那一天。

就在几个月前的 2019 年 1 月 23 日，桂山牛头岛上，召开了一场"一·二三"重整行装再出发动员会，建设方中交四航局对外宣布：

深中通道沉管预制厂升级改造完成，正式启用！

这个庞大的沉管预制厂自 2012 年 2 月落成以来，为港珠澳

位于珠海牛头岛的中交四航局深中通道沉管智慧工厂。深中通道海底隧道 32 个管节中的 22 个在这里进行预制（缪晓剑 / 摄）

大桥成功预制了 33 节巨型隧道沉管，混凝土总浇筑量达到 100 万立方米，使用钢筋 33 万吨。如今，这个世界上最大的沉管预制厂，又肩负起深中通道沉管预制的艰巨使命，再度投入到超级工程的建设中。

为此，工程师们对预制厂进行了全方位的智能化改造。改造施工期间，牛头岛遭遇了台风"山竹"的正面袭击，给预制厂的建设造成极大损伤。台风过后，面对疮痍，中交四航局的建设者们没有向困难低头，而是拧成一股绳、逢山开路、遇水搭桥，以最快的速度将沉管预制厂改建一新。

所有准备，都是为这一天管节钢壳的到来。

此刻，沉管预制厂内，广船国际支援部的卜佑天，正全神贯注地盯着钢壳进港的每一步。

预制厂的港池很大，从空中俯瞰，呈大大的"C"字形，像有个缺口的圆月。半潜船载着钢壳入港，需要像倒车入库那样，调整两次，才能进入指定位置。

卜佑天和他的十多位工友，将负责确保钢壳的顺利卸驳上岸。

尽管已有两次预演，卜佑天仍感到心跳在加快，强烈的责任感、自豪感，令他浑身热血沸腾。他深吸一口气，努力使自己平静了下来。

随着半潜船载着巨大的钢壳缓缓靠近港池，本来显得空荡的水面，立刻变得狭窄了。

卜佑天和同事们行动了，他们乘坐一艘工作快艇，朝半潜船"黄船030"飞快而去。到了近前，只见半潜船上抛下来一根缆绳，快艇上的人们一番忙碌后，小艇拖着缆绳迅速朝指定位置驰来。很快抵达，固定好了缆绳一端。

接着，八条缆绳布置到位，随着缆绳一边收紧，一边调整位置，沉重的半潜船一点点挪进港池，最终稳稳当当停靠在了卸驳区……

牛头岛预制厂的高光时刻到来。

深中通道海底隧道项目32个管节中的22个，将在这里进行预制。受限于场地因素，超宽变宽管节，将在广州南沙中船黄埔文冲船厂的唯一船坞内，进行预制及一次舾装。

至此，距离海底隧道全面铺设成功，建设者们又迈出了坚实的一步。

第六章

砺戈秣马

钢壳混凝土与钢筋混凝土，仅一字之差，造起来却有着天壤之别。

钢壳混凝土是利用大量钢板焊接成一个中空的钢壳，在钢壳里面再浇筑混凝土，钢板包着混凝土，类似三明治结构，浇筑完毕后，重量可达八万吨。在浇筑过程中，工程师们既要控制混凝土温度，又要保证浇筑的混凝土与仓格顶部之间，不能出现超过 5 毫米的脱空。同时，为防止浇筑过程中仓格变形，不同的仓格还要有严格的浇筑顺序。

这种浇筑施工的难度，乃世界大难题。

一、心血浇筑

伶仃洋的浪花一下一下冲击着岁月的沙滩，将时光拍打在 2019 年。

这一年，深中通道的各项建设已全面铺开。西人工岛、东人工岛、沉管隧道钢壳制造、伶仃洋大桥锚碇等建设，均取得了开门红。繁忙的伶仃洋上，除去往来穿梭的各式航运船舶外，深中通道的施工船更加吸引人们关注。

　　一颗神奇的种子早已在珠江口种下，所有人都在期待它开花结果。

　　当 E1 管节钢壳卸驳上岸，成为改造后的牛头岛沉管预制厂第一位重量级"客人"后，所有人都知道，那颗神奇种子萌发的树苗，已经开始抽枝散叶、苗壮向上了。

　　但是，在中交四航局深中通道项目部工程技术部部长吴宇恒看来，这棵树苗仍需要精心呵护，稍不留神，极可能功亏一篑——单就他所在团队负责的钢壳混凝土浇筑工作，已然如此。E1 管节钢壳运抵牛头岛预制厂后，进行混凝土浇筑的过程中，哪怕出现很小的失误，产生脱空现象，再由此激发蝴蝶效应，受影响的，恐怕就不只是一个钢壳的问题了。

　　搞不好，会波及整棵大树、整片森林。

　　钢壳注入混凝土，使钢壳混凝土沉管的抗压承载力大大优于钢筋混凝土沉管，但钢壳与混凝土之间可能产生的脱空——浇筑后产生的一种混凝土与钢壳脱离的现象，会大幅降低混凝土的抗压强度，从而降低沉管结构的承载力。

　　作为海底隧道，这种情况发生，尤为可怕。

　　钢壳混凝土结构施工的重要环节之一，就是自密实混凝土的性能是否满足需求。这种混凝土，在浇筑的过程中无须施加任何振捣，仅靠混凝土自身性能，就可以像水那样，完全填充到结构的角角落落，从而获得最佳效能。事实上，为了更直观地获取混凝土在钢模中的流动状态，早在 2015 年，广东省交通集团、深中通道管理中心和中交四航局就共同组成了技术专家攻关小组，开始寻找、试验最佳的自密实混凝土配比。

　　这是一个苦苦寻觅的过程。

　　为找到最好的原材料，攻关小组成员跑遍了方圆数千千米的范围，每天脑子里想的、嘴里说的，都是混凝土，甚至有成员夜里做梦，也会陷入混凝土的包围之中……解决了影响混凝土性能的单个敏感因素后，小组成员们还要继续研究温度、时间、浇筑泵管、设计性能指标等多因素耦合对混凝土的作用，以确保混凝土性能的万无一失。

这是一群执着的人，一群内心炙热的人，没有什么能阻挡他们前行。

长期与混凝土打交道，他们身上早已看不到技术专家的影子，那些溅到衣服上、身上、脸上的水泥印子，今天洗去，明天再来，使他们看上去更像工地上的建筑工人。为了观察更直观，获取的信息更充分，他们按照沉管仓格制造了一个尺寸1：1的全透明有机玻璃模型，一边进行全方位模拟，一边拍摄录像用以反复研究……

路漫漫其修远兮，吾将上下而求索。

就这样，历时四年的实践，攻关小组终于找到了能满足钢壳浇筑质量标准的混凝土最佳配比，在进行了上百次隔仓模型浇筑试验后，突破了封闭式隔仓混凝土填充密实度这些关键难题。

2019年6月之后的珠海桂山牛头岛，景美如画。两万多吨的深坞门稳稳地守在沉管预制厂港池的出入口，将波涛汹涌的大海拦截在外，为港池营造了一个水平如镜的最佳状态。与此不同的是，沉管预制厂内部，早已进入如火如荼的生产阶段。

忙，一天二十四小时"白加黑"地忙，成为常态。

按照计划，E1管节将于2020年初完成一次舾装作业后，待3月横移至深坞区进行二次舾装，而后只等一声令下，即可远赴深中通道建设现场，进行沉放对接。

当年，港珠澳大桥建设的高峰期，牛头岛沉管预制厂共有两条生产线，近2000余名建设者一起工作。如今，采用智能浇筑设备生产后，总人数精简到40人左右。

这就是科技的力量！

中国工程师们在深中通道的各个项目上，都展现出了非凡智慧，以及精益求精的态度。

传统的混凝土浇筑设备有电动和液压两种类型，但只适用于裸露区域的浇筑，管节钢壳内有两千多个仓格，传统设备已远远不适应需求。再者，传统方法全靠人工辅助浇筑，工作时间长了，很容易疲劳，判断力、敏捷度都会下降，容易出现浇错仓或外溢等情况，也无法准确控制下料高度和浇筑速度，难以保证自密实混凝土的浇筑品质。

工程师们改造升级沉管预制厂，是发展的需要，更是深中通道建设的需要。

中交四航局的技术团队，突破传统工程思维，整合工程和机械的技术资源，自行设计出了一款智能化浇筑设备——智能浇筑机，工程师们称它为建筑界混凝土施工首台机器人。

且是世界首例。

这台智能浇筑机，具有越障能力，可灵活移动，还能实现浇筑速度、下料高度等因素的稳定控制，精细化控制每个仓格的混凝土饱满度，最终实现可视化、智能化、精细化目标，确保单个管节两千多个仓格误差控制在毫米级。

科技赋能沉管预制，这一点，中交四航局深中通道项目部质检部副部长何朝菊，感触更直接、更深刻。

新管节钢壳到来后，要确认钢壳无破损才能进行浇筑。何朝菊所在部门要负责检查每个仓格内的情况。过去，她和同事们只能用肉眼去检查那两千多个仓，既耗时又不准确。如今，使用智能探头深入隔仓之内，可以实时精确地看到仓内状况，有没有杂物、是否有积水，一目了然，大大提高了质检效率。

这一改变，令何朝菊很开心。每天工作虽然很忙，但工作之余，她的笑声更多了，像牛头岛上的一只小鸟。

与何朝菊同样忙并快乐着的，还有她的丈夫——吴宇恒，他所在的团队，负责深中通道钢壳混凝土的浇筑工作。

沉管的浇筑，要经历底板、墙体和顶板三个区域，需要为两千多个密闭的仓格注满两万多立方米的自密实混凝土，还要保证脱空检测合格率100%。为了达到这一近似苛刻的要求，工程师们发明了中子法开展钢壳混凝土脱空检测，在世界范围属于领先水平。

有了智能浇筑系统和脱空检测新技术，吴宇恒每天工作起来，像战士拥有了称手的武器，底气十足。这种踏踏实实干事业的感觉，真好。

牛头岛，名不虚传，岛头如牛头。说是与桂山岛相连，其实仅有一条南北小路衔接，远看，更像是牛头孤悬伶仃洋。从珠海城区的香洲港坐船至此，需要40分钟左右。

2018年，瘦瘦小小的广西姑娘何朝菊主动请缨，来到牛头岛沉管预制厂，一心想为深中通道贡献自己的绵薄之力。第二年，吴宇恒追随妻子的脚步，也上了岛，夫妻俩全身心投入到沉管预制工作中，一双年幼的儿女，只能留给家里老人照看。

好在，如今有了视频通话。几乎每天，夫妻俩都会抽空跟孩子通过视频通话见见面。

"妈妈，你们啥时候回家啊？"女儿经常这么问。

每当这时，何朝菊会很心酸。但到了第二天，一忙起来，看到钢壳浇筑进展速度很快，各项工作井然有序，她的心情又会好得像头顶的蓝天。小岛虽小，工作虽忙，但跟相爱的人在一起，还有一群志同道合的同事，共同建设超级工程，日子过得多么充实。

充实哦，会令人忘掉所有不快。

"等孩子们放了假，咱把老人孩子都接岛上来，好好住一段日子……"这天下班后，吴宇恒对妻子说。

听了丈夫的话，何朝菊笑了，眉眼弯弯的，像好看的月牙儿。

二、安全红线

2018 年，山东汉子杨福林进住牛头岛。

他是深中通道管理中心岛隧工程管理部的副部长，作为业主代表，杨福林知道自己上牛头岛是来吹毛求疵的，甚至是来鸡蛋里挑骨头的。

爱找茬的人总是"不讨喜"，但杨福林必须找茬，不找茬或者找不出茬，有可能就是他的失职。细细想来，他在牛头岛的工作性质，类似于海底隧道沉管间使用的止水带——都是为了确保沉管安全，都是为了确保海底隧道安全。

这种止水带，叫 GINA（吉娜）橡胶止水带，其利用天然橡胶高弹性和压缩变形的特点，在各种载荷下产生弹性变形，从而有效紧固密封，防止漏水渗水，是沉管隧道管节接头密封防水及安全的重要屏障，是实现海底隧道 100 年设计使用寿命的核心部件之一。

杨福林的工作也很关键。

为了管节钢壳在沉管预制厂浇筑、舾装符合设计要求，不出现瑕疵，杨福林甘愿做一道止水带、一道确保沉管安全的红线，他不允许越线情况在自己面前发生。深中通道管理中心岛隧工程管理部共计13人，其中有10人长期驻扎在四个岛：西人工岛、东人工岛、南沙龙穴岛、珠海桂山岛。这样，可以快速解决现场问题，严格督促施工管理。

这就是杨福林的工作职责。

他只有严格，只有铁板一块，才是对钢壳混凝土沉管、对深中通道海底隧道最大的爱。

2019年1月23日，随着一声开工令响起，深中通道项目钢壳沉管隧道试验段足尺模型正式开始浇筑，同时，生产线完成全面改造的沉管预制厂正式亮相，标志着项目沉管预制进入全面生产阶段。

杨福林更忙了。

随着一节又一节钢壳管节运到牛头岛进行混凝土浇筑，杨福林在越来越熟悉这项工作的同时，内心的敬畏感也越来越强烈。

他深知，自己和同事们所做的事，就深中通道海底隧道而言，是充当守护者的角色，守护的是海底隧道的生命红线。为了脚步更扎实，在施工管理、组织验收的过程，他们打破常规，将工作内容前置，验收此一工序之前，就已参与上一工序的制造环节。像是顾客定制一款新家具，没等厂家出货，自己先去厂子验收，看看样式啊、板材啊、用漆啊等等，看是否符合自己的需要，满意了，继续做，不满意了，厂家也可以及时改进。

每道程序他们都这么推进，朝乾夕惕，兢兢业业。

从管节钢壳运到牛头岛，从浇筑到装水箱、装封门，转运施工海域，最后沉放海底实现终极使命，形成一个顺畅连贯的链条。如此，上下工序间一旦发生问题，可得到迅速解决，不会彼此扯皮，保证了整个工程的顺利与安全。

监督、统筹、协调，工作量很大。

粤地气温高，工期又紧，任务又重，人难免上火。上火归上火，思维不能乱，程序不能乱，还要会讲话、讲好话，让施工单位能心平气和地解决被发现的问题……杨福林感觉自己的心理也快被浇筑成水泥堡垒了。

这使他愈加坚定。

杨福林极看重自己的工作。这种看重，让他常常能领略到生活给予的美好，包括所处的环境。相较小小的牛头岛，桂山岛更令他记忆深刻。

珠海桂山岛，伶仃洋中一座美丽的小岛，处于万山群岛之中，与北面的牛头岛和东南方向的大小蜘洲岛、隘洲岛、三门岛等外伶仃洋诸岛成向外凸出的弧形，像大海中连成一串的屏障，环绕在香港及其岛屿的西南。

可谓是悬于大海，护卫国土。

桂山岛滨海大道一处高地上，耸立着一座塑像——文天祥，他腰悬长剑，手握剑柄，目光如炬，眺望着茫茫大海；海风轻拂，那雕刻出的衣袂也在飘飘，似乎要带着这位民族英雄飞去九霄。每次从文天祥"身影"附近经过，理工男杨福林的内心，常常溢满文科生的敏感与激昂，会忍不住想：人生一世，总该为这个世界，为这个国家，为这个民族留下点什么吧？

思来想去，做好本职工作，建设好深中通道，对他而言，就是现阶段最大的浪漫。

忙归忙，累是累，工作中也不乏解决问题后收获的纯粹与快乐。

一个傍晚，夕阳西垂，看看时间，已是晚饭的点。牛头岛有风徐徐，裹挟着大海的味道，少有的清爽。这个时刻，现场施工人员最放松，也最容易出现纰漏。

本来准备吃晚饭的杨福林，临时改了主意，要去预制厂钢壳浇筑现场看一看。

都是为了共同的目标，但在具体工作上，斗智斗勇也是存在的，都是年轻人嘛。饭点，是人最放松的时候，这个节点也是最容易疏忽大意的时候，作为施工管理者，杨福林认为去现场督导，不能形成固定模式，否则掌握不到最准确的信息。

于是，他和项目经理一路朝浇筑车间赶去。

并不是喧嚣的场景，相反，倒有一种独特的工业文明的静谧感。蓝色涂装的智能浇筑机器人在偌大的钢壳体上方缓慢移动，不远处有值班人员盯着总控面板，车间内正在进行一节钢壳的管顶浇筑，一切正常得像一幅静物画。

杨福林本来绷着的神经，开始一根一条地松劲儿。但脚下没停，依旧朝检视位置走去，到了近前，细细地看了几眼，那颗心瞬间又加快了跳动。

"混凝土的液面怎么上升这么慢？"杨福林像是在自言自语。突然间，一道闪电在他脑海中倏地划过，"坏了，肯定是串仓啦！"

在场的几个人都紧张起来。

停机一查，果真。钢壳在船厂制造的时候，会在隔仓内预留人孔通道，以便下一步施工。按要求，在预制厂进行混凝土浇筑前，所有的仓内通道必须是封闭的，可眼下这个仓的通道，不知为何没有封闭严密，导致混凝土串到了隔壁仓格。好在杨福林等人发现及时，立即采取了补救措施。

倘若等到隔仓内的混凝土凝固，敲都敲不下来了。

越是大系统、大建设，越需要一颗既能统筹全局又能关注细节的心。为了杜绝此类问题再出现，杨福林和同事们多次将工作前置，赶到钢壳出厂前的环节，强调务必做好每个仓格的密封，并要求船厂每隔一个仓格做好气密，务必从源头把好关。

像小小溪流汇成江河湖海，深中通道项目各个岗位的建设者们，用自己的聪明才智、汗水心血，凝聚成一股磅礴力量，奋力推动整个工程建设阔步向前。

杨福林享受这种实实在在的付出与收获。

三、姐妹金花

2020 年 4 月 27 日，站在沉管预制厂的港池边，望着那艘外观奇特、气势夺人的蓝色大船从远处的海面缓缓驶来，像一位四平八稳的将军，最终以"倒车入库"的方式，通过港池深坞门，抵达沉管预制厂的深坞区时，杨福林感受到了前所未有的震撼。

他赞叹于同行者们卓越的想象力、创造力与执行力。

他惊异于眼前这艘奇特大船上的每一部分。那分明就是一个水上小世界。

杨福林很骄傲、很自豪。他近距离目睹了世界上唯一一艘集沉管浮运、定位、沉放和安装于一体，具有 DP 动力定位和循迹功能的专用船舶——"一航津安 1"，还将与它一起，共同完成接下来的每一项任务，直到深中通道海底隧道建设完毕。

"一航津安 1"来这里的目的，是与坞内的 E1 沉管连接，而后完成沉管的二次舾装。

　　所谓"舾装"，原是指船舶下水后，安装船内机械、电气、电子设备的过程，后来引申到了沉管隧道安装中。倘若将沉管看成"毛坯房"，舾装就是给它装上"配套家居"，将来才可以顺利完成水下的安装，成为真正的沉管隧道。

　　这次 E1 沉管的二次舾装，主要分为管内舾装和管顶舾装，管内舾装包括蝶阀驱动头、摄像头、水箱液位传感器、压载水控制柜等安装，管顶安装包括导向杆、导向托架、测量塔等安装。

　　在杨福林看来，二次舾装就好比为沉管安装添"慧眼"，通过安装这些设备，确保沉管在水下对接的时候，能够按照设定的要求，精准进行。

　　此刻，E1 沉管已经在深坞区漂浮等待，静候"一航津安 1"与自己亲密接触。

　　如今，浇筑完混凝土后的 E1 沉管，已从 8000 多吨变成了6 万多吨，从"胖娃娃"变成了"壮娃娃"。当初，它从卸驳区到浇筑区，又从浇筑区到浅坞区，每一步挪动，都是在杨福林的注视下完成的。他看它，就像看待自己的孩子一天天长大那样。

　　这是重量级的长大。

　　若不是工程师们发明了智能台车系统，杨福林不敢想这个超级重的大家伙一路挪过来，会耗费多少时间。据他了解，行业内的台车，最大载重只有 200 吨，远远不能满足挪动几万吨的沉管的需求。为此，中交四航局专门组建了攻坚团队，用一年半的时间，将单台台车承载力提升到了 800 吨，并且配以智能移动系统，实现了 200 台台车共同转运一节沉管的新突破，与港珠澳大桥建设期间首节沉管移运耗时七天相比，如今的 E1管节移运仅耗时三个小时，极大提升了管节转运速度，对缩短沉管预制工期起到了极大的推进作用。

2023 年 1 月 31 日，承载深中通道海底隧道最后一个管节（非标准管节、含最终接头）的智能台车 （缪晓剑 / 摄）

这是"大湾区速度"，更是中国速度。

长 190.4 米、型宽 75 米、型深 14.7 米的"一航津安 1"缓缓驶进港池，像母亲拥孩子入怀，温柔地将 E1 管节揽入自己怀中，那小心翼翼却又胸有成竹的模样，令杨福林等沉管建造者看了，内心波澜起伏，像有温暖的风在心海中掠过。

这一幕，该只有中国才能看到吧。

毕竟，"一航津安 1"是目前世界上绝无仅有的一艘专用船，是中国工程师们专门为深中通道这样的超级工程量身定制的。

2018 年 7 月 26 日，"一航津安 1"开始建造。很多技术只能靠工程师们摸索，拥有完全自主知识产权，尤其是在艉半段机舱段轴系施工的时候，从艉轴管定位、焊接，到具备轴线照光，这一套下来，就用去了一个半月。

　　这艘专用船，使用钢材 1.1 万吨，电缆线 345 千米，焊缝长达 40 余千米……焊接的过程，面对正负 4 毫米的超高精度要求，焊工们蜷缩在最小不足两平方米的一个个隔断里。为控制变形量，焊接速度要比正常慢十倍，而焊条熔化温度有两千多摄氏度，工友们还必须全副武装，焊接完成后均是一身大汗。

　　就是在这种艰辛的努力下，这艘当今世界安装能力最大、沉放精度最高、施工作业最高效、性能最先进的专业沉管施工船舶诞生了。它具有系统集成度高、自动化程度高、安全控制性能高等优势，能有效克服繁忙复杂航路、基槽长距离横拖、深水沉放、复杂风浪流等不利建设条件，不但大大增强了沉管浮运安装能力，保障施工安全，且极大提高了施工精度和施工效率。

　　为海底隧道沉管的顺利沉放与铺设，工程师们将准备工作做到了极致。

　　不仅有"一航津安 1"这个负责沉管运输、安装的利器，还有负责给沉管海底"铺床"的"一航津平 2"，这对姐妹船，是海底隧道施工顺利的关键。

　　"一航津平 2"同样是由我国自主研发、制造的目前世界上最大、最先进的自升式碎石铺设整平船，被人们生动地称为"深海 3D 打印机"。在不移动船身的情况下，其作业范围可达 2500 平方米，相当于 6 个篮球场那么大，而它平整的速度更是最快能达到每分钟 5 米左右，误差不会超过 4 厘米，在它平整完毕的地基上建隧道，可以实现"滴水不漏"。

　　入住牛头岛以来，也许是心思全扑在了沉管浇筑上，杨福林还没有腾出空来，仔细看看自己和同事们工作的环境。此刻，

2023 年 5 月 31 日，"一航津平 2" 碎石整平船在施工水域作业（缪晓剑／摄）

随着"一航津安 1"与 E1 管节的缓慢相拥，沉管预制厂的人们不约而同给自己腾出了片刻的休憩——或者说，是在一种获得感中享受暂时的惬意。也就在这个过程，杨福林的目光将四周环顾了一遍。

看似司空见惯的一切，竟在这一刻产生了奇妙的化学反应，纷纷变得斑斓起来。

牛头岛很小，一平方千米多点。与岛的小相比，沉管预制厂显得很大，似乎整座岛就是由厂区组成的。深坞区旁，不高的山头上写着几个大字：让生活更美好。这六个字，杨福林上岛后就看到了，直到今天，他才细细咂摸了一下这句话的深刻内涵。

是啊，来到这个孤悬伶仃洋的小岛上，自己和同事们不就是为了让生活更美好吗？将钢壳混凝土沉管高质量制造，再高标准沉放海底，建成百年伟大工程，造福珠江口两岸，造福大湾区，还有什么比这更令人觉得意义非凡呢？

杨福林揉了揉眼睛，将视线收回到港池内。

蓝色船体的"一航津安1"已经完全与E1沉管合二为一，已有工友开始登船忙碌。杨福林挺了挺胸膛，转身，也奔向自己的岗位。

四、精凿细琢

深中通道这一超级工程的建设工作，是全面开花、齐头并进的。

早在海底隧道E1管节奔赴牛头岛浇筑混凝土之时，它的最终归宿，海底隧道的深水基槽，也已全面开挖。

工程师们开始给所有沉管准备"床"了。

然而，这个"床"下的地基，却成了阻挠工程顺利推进的拦路虎。

经勘察，在项目E6至E13、E23至E30总长度达2.6千米的沉管基槽区域，遍布着约30万立方米的全风化花岗岩，以及强、中风化花岗岩，最大挖深处达38米，具有范围广、埋藏深、强度大等特点。尤其E7至E8管节段，分布着海底隧道基槽硬度最大的风化岩，要想在这些岩石上开凿出沉管基槽，且施工误差控制在0.5米以内，难度极大。

这可是在三四十米深的水下！

有人想到了爆破法。简单、粗暴、有效。但第一时间被否决了。

爆破法最大的缺点是对海洋环境影响较大。水下爆破所产生的爆破地震、水中冲击波、气泡脉动、噪音、有害气体和混浊水体，很容易对伶仃洋水域的中华白海豚等海洋生物的生存构成严重威胁。

中华白海豚被称作水上大熊猫，对环境的变化十分敏感。

尤其是水中冲击波，对中华白海豚的危害更甚。相比于空气中产生的冲击波，水中冲击波强度更大，传播距离更远，作用范围更广。当冲击波接触到水生物的流体组织与气腔的界面时，冲击波可直接将气腔击破。

绿水青山就是金山银山——环保理念不仅要深入人心，更要落到实处。

承建方中交广州航道局有限公司（简称中交广航局）多次组织专题会，在充分评估社会环境、施工水域限制、生态环保等多重因素后，决定采用重型抓斗船与凿岩棒组合的方式，进行基槽开挖。

简单说分三步走：凿岩开路，水下精挖，清除淤泥。

为了完成好基槽开挖任务，中交广航局先后投入兼具定深开挖与破岩能力的"金建"轮、国内首艘精挖抓斗挖泥船"金雄"轮、首艘深海清淤专用船"捷龙"轮，以及具备世界先进疏浚技术的自航耙吸式挖泥船等疏浚施工船舶累计 17 艘。

利器加决心，能劈山开海。

2019 年 3 月的一个清晨，伶仃洋上，船舶依旧往来穿梭，却显得很安静，好像都已关闭动力在水面慢慢漂浮。偶有海鸟从船只周围掠过，发出清脆的叫声，与新的一天打着招呼。有红日从水雾迷蒙的东方渐渐升起，用淡淡的光线，缓缓地在珠江口东岸深深浅浅地勾勒出深圳的轮廓。

天地静美。

伶仃静谧。

此刻，深中通道海底隧道 E7 至 E8 管节预挖基槽段，"金建"轮犹如蓄势待发的机械巨手，将一个重达 35 吨的斧头状凿岩棒高高吊起，像一个硕大的惊叹号，悬在伶仃洋上方。

驾驶台前，操作手目不转睛地观察着凿岩棒的状态，当一切符合下放条件时，果断释放了这个铁疙瘩。

"哗啦——嘭"！

水花四溅，神器入海。

凿岩棒以每分钟 850 米的自由落体运动速度，带着 35 吨钢铁所能产生的最大势能，朝海底奋力砸去。

"10 米！20 米！30 米！40 米！凿岩棒到位！"操作手大声报告。

"岩石层面状态如何？"船长黄建良问。

"未见明显变化。"

"真是块硬骨头！"黄建良攥了攥拳头，命令："继续。"

在铰链哗啦啦的声响中，几十吨重的凿岩棒被拽出海面，很快回归了最高点。

再放，变化依旧不大；再提再放，有所撼动……连续猛砸八次后，船上的深度显示器清晰地展示了结果：岩石层面终于开始出现下沉。

黄建良悬着的心，也像那凿岩棒一样，触了底。

尽管艰难，毕竟证明这种施工方法可行。接下来，就是重复，不厌其烦地重复，像是"金建"轮用凿岩棒在伶仃洋里敲击着神秘的密码——打通现在与未来、珠江口东岸与西岸的摩尔斯电码。

"哗啦——嘭"！"哗啦——嘭"！

如此，一天下来，到了收工时，大伙把辛苦了一天的凿岩棒放到甲板上一测量，这个用特殊钢材制造的巨大铁疙瘩，根部竟然平均磨损掉了10厘米左右！这是钢铁与岩石的碰撞，更是坚硬与坚硬的较量！

E7至E8管节段基槽开挖过程，这样的碰撞与较量，至少需要上万次。

为给海底隧道沉管建个舒适的"家"、铺个平坦的"床"，很长一段时间内，在伶仃洋上，中交广航局的"金建"轮与"金雄"轮开始了"轮番上阵"。

白天，"金建"轮打头阵，利用从天而降的巨锤，反复锤砸海底岩石，将那些连片的、坚硬的花岗岩击碎捣烂；晚上，则由参加过港珠澳大桥建设的"金雄"轮接力，用它那巨型抓斗，如捞鱼虾一般，将凿碎的岩石从海底捞起，进行清理作业。

按施工要求，"金雄"轮的大抓斗在海底作业时，误差范围必须控制在0.5米以内。这对于硕大的铁抓斗而言，相当于张翼德绣花，难度不言而喻。好在，工程师们自主研发的定深平挖控制系统为"金雄"轮装上了慧眼，使其"大脑"更灵活，能轻松指挥重达100吨的大抓斗干活，解决了深海作业看不见、控不住的难题。

即便如此，突然出现的状况，仍会令人提心吊胆。

还是在为E1管节开挖基槽的时候，有一天，由于挖掘机控制系统出现不稳定的情况，导致摩擦片损坏，开挖基槽的精度超出了0.5米！

船长周红心的神经顿时紧绷起来。

天气闷热，机舱内更热，修理摩擦片必须冒着摄氏45度的

2020 年 6 月 10 日，"金雄"轮进行 E4 管节沉管基槽开挖作业（缪晓剑／摄）

高温，这对修理人员而言，是极大的考验。关键时刻，"金雄"轮上的党员突击队和青年突击队主动请缨，在挥汗如雨中，以超乎寻常的速度，将摩擦片更换，保证了基槽的开挖精度……

直到如今，想起当初挑灯夜战的情形，周红心仍感到热血澎湃。

在"开斗、定深、下放、咬合、闭斗、提升、装驳……"的指令声中，"金雄"轮的大抓斗仍在上下往复，以一种势不可挡的气势，为海底隧道沉管施工打着"地基"。

周红心和他的同事们，继续坚守在自己的岗位上，为伶仃洋创造着未来。

2019年7月底，"金建"轮与"金雄"轮携手，完成E7至E8管节段岩石精挖任务，为深中通道沉管隧道施工扫除了第一道"拦路石"，为后续沉管浮运安装奠定了基础。

管节浇筑、基槽开挖、块石铺设、管节安装，是一个线性的连贯过程，要按一致的步调前进，不能晾槽很长时间，否则，回淤很大的话，就要重新开挖，损失会很大。而在管节浮运、安装的过程，还要考虑潮汐、天气……每一个窗口都要尽量把握，还要与海洋环境部门、海事部门等做好沟通协调工作，这是一个系统的大工程。

海底隧道的建设者们，已经做好准备。

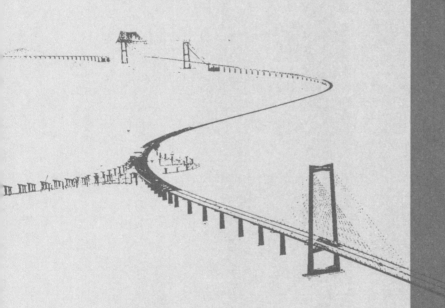

第七章

巨龙之吻

它们像一个个被暂时封闭起来的三维世界，硕大的、重达数万吨的三维世界。

它们身上凝聚着智慧、信念与艰辛。它们从沉管预制厂出发，悬浮在"一航津安 1"甲板之下，乘风破浪、击水长歌，抵达最终目的地——深中通道海底隧道管节沉放安装区，在如履薄冰、精益求精的氛围中，逐一沉入海底，以这个世界目前最精准的对接方式，形成一条海底通途。

这些体量庞大的钢壳混凝土沉管，在水下融为一体的那一刻，被赋予了生命。

它们，就是潜入伶仃洋的一条巨龙。

一、浮运先锋

2020 年的夏季，39 岁的山东汉子宁进进，度过了一个可以刻录进生命履历的特殊阶段——深中通道海底隧道沉管安装开始了。此时，这个毕业于中国海洋大学的"80 后"男人，已是中交一航局深中通道项目部常务副总工程师。宁进进所接受的教育，所走过的人生历程，所担负的职责，注定他与这件大事紧紧捆绑了在一起。

可以说是共命运了。

当年，从海洋大学毕业后，宁进进去了国外——埃及，在那里建一个码头，之后又回到青岛，为海军搞了一段时间的建设，接着去了港珠澳大桥，负责沉管的浮运、安装等工作，2018年转战深中通道。

工作性质基本未变，细节有所区别。

最大的区别，过去搞的是钢筋混凝土沉管，如今为钢壳混凝土沉管，更大、更重、更复杂。宁进进总结自己的心态是：如履薄冰、如坐针毡、如临深渊。

但他坚信，随着时间的推移，一切困难都会在自己和团队面前分崩离析。这种信念的形成，源于工作经历、人生阅历，以及师父的言传身教。港珠澳大桥建设期间，他师从港珠澳大桥岛隧工程项目总工程师林鸣。有一次，宁进进在沉管内部作业，里面不但憋闷、潮湿，而且随时会有进水风险。

"若是有个针眼儿大的漏点，自己今天也就交代了……"独自在沉管内，瘆人的寂静令宁进进胡思乱想起来。

这时，对讲机里传来师父林鸣的声音。

"进进，再坚持一下……"林鸣的声音夹杂着焦虑，"等你出来了，师父请你喝酒，给你压惊……"

宁进进记得，自己当时眼眶一热，差点没掉下泪来。

从这以后，工作中再遇到极难翻越的阻碍时，宁进进总会想起师父的话，那种扑面而来的激励，那种从天而降的踏实，令他有理由相信，一切困难都能克服。何况，他还是团队作战。现在，深中通道第一个管节开始浮运安装了，将要面对又一次新的挑战，宁进进提醒自己：

沉住气，务必沉住气。

对参与建设的人们而言，首个管节奔赴终极使命，绝对是大事！

从牛头岛沉管预制工厂到西人工岛的沉放安装区域，浮运距离长约 50 千米，途经七次航道变换……这可是珠江口啊，仅伶仃航道日均通航船舶就达 4000 多艘，航道交通安全管控难度很大。

此外，还有台风季、汛期等多重因素随时会带来新的风险。

不由自主，宁进进绷紧了神经。

这是 2020 年 6 月 16 日凌晨 2 时。

珠海桂山镇牛头岛似乎彻夜未眠。岛外，黛色苍穹下，海面上灰蒙蒙的，层层波浪在暗夜的怂恿下，前赴后继地扑向岛边礁石，将海的梦呓弥散至小岛的角角落落。

岛上，沉管预制厂内早已一派繁忙。

今天，是 E1 管节正式奔赴安装海域的大日子，就像送女儿出嫁、送儿子出征，中国工匠们又怎能不心潮澎湃呢。

宁进进会激动，但他不会表露出来。此刻，需要他做的事情很多，激动是最边缘的一件。周围所有人中，保持宁进进这种状态的人很多，其中一位，比他有过之而无不及，内心更激动，表情更平静，看上去甚至很严肃。

他就是中交一航局深中通道项目部测量管理中心副主任锁旭宏。

空间里有了缓缓的重物浮过水面的声音，所有人的注意力都转移到了港池内。此刻，在"一航津安 1"沉管浮运安装一体船的提带下，偌大的 E1 管节通过坞内外的带缆，缓缓通过深坞坞口，进入伶仃洋外海。

站在"一航津安 1"一体船上，锁旭宏带领同事将船上的检测设备又检查了一遍，一切正常。他这才深吸一口气，将目光投向了远处黑黝黝的伶仃洋面。距启航还有段时间，锁旭宏打算再检查一遍身旁仪器，心海之上却突然有光亮闪过，他下意识地回眸内心，原是一些过往的片段。

锁旭宏的家乡，甘肃会宁，一个曾以贫瘠著称的地方。小时候，家里条件不好，他常常天不亮就起床，和父亲一起挖洋芋到集市上去卖。崎岖山道远，漫漫人生路。艰苦的生活磨炼了锁旭宏的意志，也使他树立了走出大山，去更广阔的天地闯一闯的信念。2012 年，从兰州交通大学毕业后，锁旭宏离开大西北，来到南海之滨的桂山牛头岛，从此告别高原，扎根海滨。

水何澹澹，山岛竦峙。

与宁进进一样，锁旭宏也参加了港珠澳大桥的建设。在这期间，总工程师林鸣说过的一段话，同样给了他极大触动。

"你们这些年轻小伙儿，初生牛犊不怕虎，要拿出闯的精神，在超级工程项目上，你们只要敢想，就能够实现伟大理想和伟大目标……"

从此，前进的路上，锁旭宏的目标更加明确、醒目。

东方，海天开始泛白，已是早上 6 点了。此刻，在静与动的极致转换中，"一航津安 1"两台 9280 千瓦的发动机同时发力，推动偌大的一体船与偌大的 E1 沉管，缓缓向茫茫大海进发。随行工作船只迅速跟上，将"一航津安 1"紧紧围绕在核心，形成浩浩荡荡的编队，向最终目标驶去……晨光，渐渐将船队前方的海水泼上"水银"，呈现在人们眼中的浩渺烟波，开始有了晶亮的光。

运载着几万吨重的沉管，"一航津安1"以每小时九千米的航速，劈波斩浪。其每个片体还有四台侧面发动机，不仅可以满足动力定位要求，还具有航迹追踪及偏移纠偏功能，在无须协助的情况下，可严格按照设定宽度进行自航式循迹航行。

这是一个"大力士"，更是一位"智多星"。

一切尽在掌握中。但是，驾驶室内，包括宁进进、锁旭宏二人，所有人的表情都是严肃的，甚至是紧张的。有的将目光投向伶仃洋海面反复逡巡，有的则目不转睛盯着面前的显示器，唯恐漏过一个信息……

船队过了1.5千米的预制厂支航道，又过了5.5千米的榕树头航道，进入了繁忙的伶仃航道……哦，船队终于过了港珠澳大桥，驶入了内伶仃洋。

宁进进悬着的一颗心，悄然回落大半。

一体船离开桂山牛头岛预制厂到港珠澳大桥这段航程，水深浪急，情况复杂。宁进进看似表情平静，其实每时每刻都在提心吊胆，唯恐发生什么意外。若不是有过去港珠澳大桥运送沉管的经验，他甚至怀疑自己会难掩紧张——这可是几万吨重的钢壳混凝土沉管啊，遑论其高昂造价，单论这里面凝聚的汗水与智慧，就不能有半点闪失。

最担心的，是船和管突然分开，那样的话，将是重大事故。在波澜起伏的伶仃洋里，想再将一体船与沉管结合，将难上加难，甚至会造成沉管损伤、报废……

这种情况，现在、将来都不能出现，也绝不允许出现！

宁进进暗自攥了攥拳。

好在，曾经所有的付出，这一刻都是值得的。

有了自动驾驶功能，过了港珠澳大桥后，人们在操控台上输入好航向坐标，"一航津安1"就直奔西人工岛东端的施工海域，不必再担心它偏离航道了。如此，也不会过多影响广州港航道的船舶运行。

一切会很顺利的。

二、穿针引线

6月16日下午4时许，历经七次航道变更、浮运50千米后，一体船提带着E1管节顺利抵达西人工岛附近，又经过两次转向，最终将对接首端朝向了西人工岛暗埋段方向。随即，人们展开了沉管系泊作业。

这一过程，必须确保沉管精准停泊在预安装位置上方。

有条不紊地一阵忙碌过后，有八根缆绳朝向八个方位，将偌大的钢壳混凝土管节稳稳地系泊在指定位置。而在一体船的驾驶室内，八个终端显示器时刻监视着缆绳的微妙变化，哪怕沉管出现厘米级的位置偏移，人们也能迅速发现，并及时采取措施。

力量之美，力的平衡，此刻在伶仃洋上彰显得淋漓尽致。

在这种拖拽形成的平衡中，沉放对接的各项准备工作也全面展开。西人工岛附近，施工船舶往来穿梭，频繁调度，使静悄悄浮在水面的E1沉管显得更加安静，像是洋面朝向苍穹开出的一扇窗，又像是漂浮水面的一座长方形礁石岛。

这画面，有一种抽象的现代工业之美，只是建设者们此刻没心境去欣赏。他们有更需关注的事情。

在水深几十米的海底，若要实现E1管节与西人工岛暗埋段完美对接，难点在哪儿？

当然是定位。

而在看不见的水下定位，且精确度控制在毫米级，难度可想而知——这也是锁旭宏最为关注的事情。

两年前，从港珠澳大桥项目建设转战深中通道项目建设后，锁旭宏就给自己立下了两个工作目标：在沉管浮运、安装过程中，使用中国自己的卫星定位系统；再就是研发基槽碎石整平、浮运、安装全流程测控系统，以指导安装作业。

早在港珠澳大桥建设期间，就曾多次发生 GPS 信号受限的情况，那时，锁旭宏就暗下决心：核心技术必须自主！一定要尽早使用我们自己的北斗卫星导航系统来定位工程施工，不能让 GPS 卫星信号总是卡咱们的脖子。于是，在用惯了 GPS 卫星的定位领域，锁旭宏开始了大胆的尝试，力争用国产北斗定位系统逐步取代。为此，这个当年从大山里走出来的孩子，付出了大量的心血。

功夫不负有心人。

在桂山岛期间，锁旭宏潜心钻研海底隧道测量技术，像一位苦行僧，千方百计寻觅提高沉管对接精度的"真经"。他创新使用北斗卫星导航系统，通过测量塔数据，实时计算沉管的三维动态，为水下安装作业提供了准确无误的"眼睛"。

天空已经完全黑了下来。

"一航津安 1"一体船上，灯火通明。有光线逃逸到了洋面上，那里的水波便有了点点色彩，亮晶晶的微黄色，像是有小小的白炽灯珠在水面上飘荡……

管节沉放暂未开始，除去必要岗位外，大部分工作人员处于短暂的休整状态，只等关键时刻来临。但宁进进除外，他没有放松自己的理由，依旧在反复核对着各种程序、数据。他的状态，与不远处也在忙碌的锁旭宏别无二致。

只不过，因职责不同，宁进进的内心更紧张。

倒不是怕，而是那种纯粹地想把事情做到极致而产生的综合反应。2020 年 5 月，为了做好今天的 E1 管节沉放对接工作，宁进进已经和同事们搞了一次近似实战的演练，过程中的每一细节，至今仍历历在目。

那次演练，用时一天半。主要内容是让"一航津安 1"带着管节在外伶仃洋跑了一段航程，想试试一体船的功能是否满足浮运需求。在宁进进看来，这个事儿很关键，倘若第一枪打不响，耗费了无数心血的一体船也就宣告失败。他们足足搞了一天半，在海面上测航速、试掉头、试自动驾驶……把"一航津安 1"该具备的功能都检验了一番，最后一总结，效果好得超出想象。

悬着的心落回了肚里。

演练快要结束时，一体船提带着管节浮在洋面上，宁进进和同事们按计划来到了船下，站在管节上细细观察，以确定每个连接部位的状况。海风裹挟着海水的味道迎面吹来，很大，吹得宁进进有些眯眼，但他仍挺直了身体，在沉管上方检查一番后，站定，望着莽莽苍苍的伶仃洋面愣了会儿神。

那一刻，他想了很多、很多，事后回忆，似乎又什么都没想，只记得风很大。

6 月 16 日 22 时 30 分，系泊作业 6.5 个小时后，E1 管节开始正式沉放对接。

几名穿戴齐整的潜水员在众人的注视下，分别从船头船尾下了水，将 E1 管节的两端细细探摸确认了一番，以避免出现异物，并安装了测控设备。

综合研判了各点位状况后，宁进进下达沉放指令。

"第一次沉放开始，控制速度小于 0.3……"

指令迅速得到执行，硕大的沉管开始以每分钟 0.3 米的速度下降。沉放 5 米后，再一次全面检查，确定各点位无误后，适时开始第二次沉放。

"第二次沉放，速度 0.2……"

几万吨重的钢壳混凝土沉管，像一头巨鲸，一点一点接近着自己的终极目的地，它和静候在深深伶仃洋底的沉管基槽，该都是迫切地期待相拥的一刻吧。

"一航津安 1"船舱内，各种监控显示屏光线闪烁，红绿蓝各色指示灯明暗交替，一张张严肃的脸，一双双警惕的眼，整个空间的气氛像是要凝固了——在暗流涌动的深海，实现误差不超过 5 厘米的精准对接安装，对在场的所有建设者而言，都是个严峻考验。E1 管节是深中通道海底隧道安装的第一个管节，能不能实现设计要求，能不能令各方满意，能不能保证绝对安全？

大家相信前期的努力不会白费，但谁也不敢打保票。

宁进进的神经高度紧张，锁旭宏的神经也高度紧张，他俩一个组织沉放安装，一个组织实时测控，高度紧张的神经使他们反而忘记了紧张，时间，在他们忘我的工作中一分一秒地朝前挪动着脚步……

东方，海天一线处，泛起了鱼肚白；少顷，又染上淡淡的红晕。又过了一会儿，太阳露出了一张新的脸。

沉管分步沉放仍在继续。

所有人都很着急，但所有人都死死按住自己急迫的心，相互轻声提醒："不要着急，沉住气，按计划一步步来，一点点放……"

6月17日11时30分许，E1沉管经过拉合、水力压接等作业工序，与西人工岛隧道暗埋段成功实现对接。此时，因沉管直接暴露海中，浮力较大，处于不稳定状态。这一刻，世界上最大的供料锁固回填船——"一航津供1"开始发挥作用，以最短时间、最高质量，在沉管上用石块堆起一座梯形山，有效防止了沉管在海水中侧移。

本次作业，所面临的超长距离浮运、浅水区航道搁浅风险、大径流海水表层流速高、回淤强度大、导流堤作业空间狭窄等难题，随着E1管节安全入位，全部迎刃而解。

"我宣布——"中交一航局深中通道项目部副经理、常务副总工程师宁进进，对着话筒大声说，"深中通道首节沉管对接，达到要求……"

话音刚落，西人工岛上，燃放起了烟花。

宁进进、锁旭宏等一众彻夜未眠的建设者们，脸上露出了轻松的笑，幸福的笑。

三、毫厘之间

山东泰安人张超，1989年9月出生，从山东交通学院毕业后，就到了港珠澳大桥项目，那里的建设竣工后，又来到了深中通道。

人生精力最旺盛的阶段，接连参与两个超级工程建设，这让张超觉得自己很幸运。有了这种思想垫底，干什么都充满热情，干劲十足。在深中通道海底隧道项目建设中，他和几位同事主要负责测量工作。除去浮运、沉放阶段的测量外，当管节沉放到位、对接成功后，他们还要负责进入管节内部，对安装精度等诸多要素进行检核。

第一次进入沉放到位的管节内时，那种感觉，在张超看来，不亚于进入另一个时空。

封闭良久的管节被打开，里面黑黢黢的，潮湿、闷热、空旷，照明仅靠他们随身携带的光源，肩上扛着重达几十斤的测量仪器，脚下时不时会滑一下，因是封闭严密的钢壳结构，通信只能靠沉管内安装的应急电话……

若是普通人，想到自己正处在海底的一截沉管内，头顶就是深达三四十米的海水，万一某个沉管出现个针眼儿大的缝隙，汹涌的海水就会立即疯狂灌入，人将无处可逃……腿儿都会被吓软。但张超从未有过这种感觉，只是觉得闷热、潮湿、空旷而已，正常的。至于安全，因非常了解沉管制造的过程，也很清楚建造者们对沉管质量的严格把控，对此，他有绝对的信心。

渐渐地，随着几乎一月一节的沉放速度，张超和同事们对钢壳混凝土沉管的信任度更高了，再进入其中检测时，只剩下对它内部空间那么宽阔、那么深邃的惊喜了。有一次，在检测隧道的中管廊时，望着上中下三层的高大空间，张超竟然晃了神儿。

多么复杂而有序的布局啊。

中管廊最下面一层是为电缆、纤缆以及给排水、消防管道预留的位置，将来这里就是深中通道"神经网络"最重要的一部分；最上面的那一层是排烟通道，中间一层则是横向联络道，即紧急逃生口预留位置，如果发生交通事故、火灾等意外情况，人员可以通过这里逃向对面车道，确保人员的安全。

暂时光线暗淡的沉管内，张超仿佛又看到了另一幅画面：无数身影正在这海底隧道中忙碌，有的在安装隧道防火板、装饰板，有的在安装调试机电设施；中管廊内，那些管线和消防、排烟设施也在同步施工；双向八车道的阔大海底空间内，大大小小的施工车辆来来往往，忙碌而又秩序井然；道路两侧，正有工人摆放调整防撞侧石，这些安全设施，看外表与普通防撞矮墙没啥区别，却是经过上千次实验后，才获得的最佳混凝土配比，不但外表美观，而且通体看不到一个气泡，防撞功能超强……

最令张超这个测控人感到骄傲的是，海底隧道目前所对接的管节，精度远远高于设计标准，偏差均在 1 厘米以内，甚至大多数达到 2 毫米以内，这，在国际上很少有人能做到，包括日本、韩国、荷兰等国家都达不到。

这是所有中国工程师共同的骄傲。

然而，锁旭宏却心知肚明：工程建设高精度的取得，又岂是一朝一夕之功。

由于在港珠澳大桥建设期间，GPS 系统有了丰富的使用经验，深中通道海底隧道前两个管节的沉放安装，仍是以 GPS 信号为主、北斗系统为辅，锁旭宏及其团队并没有下定决心让北斗系统唱主角。直到第三个管节 E3 安装过后，司南导航北斗系统才成为后续管节沉放的重要依托。

事情的引爆点在 E3 管节安装的过程，GPS 与北斗之间，竟然出现了 2 厘米差值。

对于必须精益求精的沉管对接而言，这是巨大的出入！

同时出现两种测量结果，究竟哪个才是最真实的？哪个才可以指引下一步的施工？作为项目负责人，锁旭宏必须做出决断。关键时刻，曾经数千次的测量经验以及几十万个数据的汇总，给了他最坚定的支持，锁旭宏果断将司南导航北斗系统的数据作为首选，实现了 E3 管节海底毫米级对接，并一鼓作气，连续七节沉管近乎零偏差完成严丝合缝的对接，创造了世界纪录。

深中通道采用的司南导航北斗接收机，在深水区等卫星信号受限、精准定位难度大的环境下，仍可提供连续的、高质量的定位数据，从而克服了复杂环境等因素带来的不利影响，为水下沉管作业提供了准确无误的定位信息。

为了更好地服务建设施工，变化，开始无处不在。

为了给"一航津安 1"提供连续、稳定、可靠的作业信息，保证系统在强对流天气等复杂情况下仍能正常运行，锁旭宏和他的团队在一体船九层楼高的测量塔上，安装了飞碟状北斗卫星天线。这个天线收集到的信号，传送到监控电脑上后，配合电脑里自主研发的测控系统，能为指挥人员提供及时、准确的作业信息。

北斗系统接收到的卫星数量更多，稳定性更有保障，且成本更低。中国工程师们使用起来，更得心应手，心里也更踏实。

精准的定位系统，在基槽疏浚过程，也曾发挥至关重要的作用。

整个海底隧道建设，需要在东、西人工岛之间挖一条长约 5千米、宽约 330 米的巨型海底基槽，会产生大量的淤泥。

这些淤泥放到哪儿？

用来填岛造地？但这种泥土 50 年都会有沉降，根本不适合用来造岛。

　　而且，这个量太大啦，没有哪个地方能消化得了，搁到哪儿，都会影响当地环境。

　　困难肯定有，但难不倒肯动脑筋的人们。办法想到了两个，一是上岸，可以在水上公园等地方造假山用，这个对沉降没有影响，缺点是用量太小；再有，就是深海抛泥了。

　　伶仃洋肯定不行，那样会严重破坏内海环境，对中华白海豚的洄游以及其他海洋生物造成影响……必须抛到深海才符合管理规定。

　　于是，经海洋局批准，项目部在万山群岛以南、大陆架垂直下去的位置，定了一处抛泥区，这里水深已达300多米，对海洋环境几乎造不成什么影响。但有一点不足，就是离海底隧道区域太远，有100多千米，这就导致抛泥的成本很高。

　　个别抛泥船为了经济利益，会在没有监管的情况下，出现非法抛泥，不仅对海洋生态造成破坏，也会给深中通道带来负面影响。为了杜绝这种情况发生，张超他们为每艘抛泥船都安装了北斗定位系统。抛泥船离开施工区域，前往抛泥区，定位系统会随时监督船的所在位置。抛泥船在途中以及抵达抛泥区后，要将显示的定位坐标拍照上传，以确定整个抛泥过程符合要求。

　　如此一来，再也没发生过非法抛泥的现象。

　　精准的导航、定位工作系统，为深中通道的各项建设赋予了一把把"游标卡尺"，使每一项施工都在设计标准范围内，做到了精益求精。

四、蛟龙入海

海底隧道沉管浮运安装，曾创下"一月一节"的深中速度。这是所有深中通道建设者共同努力的结果，是智慧与汗水凝结的产物。然而，到了关键的最后一节——E23 管节，从钢壳制造，混凝土浇筑，到最后沉放，时间跨度却长达半年。

最后一节沉管的特殊性，由此可见一斑。

E23 不仅是最后一个管节，它还像巨型"抽屉"那样，包含着一个最终接头。

深中通道海底隧道管节沉放对接，是由两边向中间依次进行的，最终接头的位置在 E23 与 E24 管节之间。要知道，单个标准管节的平均重量约有八万吨，沉放时，在海浪、水流、水压的作用下，难免会出现晃动。如果最后一个管节制作的尺寸可丁可卯，这种晃动造成的后果有可能很严重，搞不好会导致

深中通道海底隧道最后一个沉管管节——E23 管节，像巨型"抽屉"（缪晓剑/摄）

两侧管节被撞坏。

2016年，这个关键问题就被设计师们列入了议程，也曾拟选了多种方案，但经过逐一计算、分析，要么风险太大，要么工期很长，都不太适合深中通道海底隧道的需求。最终，由中交公规院副总经理、深中通道总设计师徐国平及其团队，拿出了这个巨型"抽屉"式的最终接头方案。

这种创新的推出式接头具有安全性好、施工快速、不需要大型装备、经济性好等优点。

E23钢壳制造时，将比标准管节稍短一些，这样，它沉放下去会留有一小段空隙。而这个空隙，由最终接头来填补——也就是合龙段。设计师们将最终接头放置在E23的扩大头里面，形成一个"套娃"，靠八个千斤顶和海水压力共同作用将这个"套娃"，也就是最终接头缓缓推出，实现E23与E24的完美对接。

设计理念很清晰。

但作为一种世界首创的集成装置,这个巨型"抽屉",这个"套娃"的制作难度及精度控制，非同一般。在最终接头狭小的空间内，要集成11套专用设备和系统，基本都需要定制。

在广船国际，为了将E23管节和这个最后接头严格按设计要求制造出来，邓凯、龚庆德等一线建设者可谓将智慧与耐心发挥到了极致。

为了确保精度达到正负2.5毫米以内，在制造过程中，他们投入了大量测控设备，时刻监督每一个制造环节，并融入一系列的创新创造，以期让巨型"抽屉"能在伶仃洋海面下实现完美推出。

大量的试验更是必不可少。

E23钢壳制作过程，推出段是单独制作的，完毕后，要与钢壳扩大头合体。为此,工程师们特地在厂房铺设了四条临时路轨,架设上液压油缸的支架,以四个大型油缸产生的推力,均衡地将推出段推进 E23 钢壳扩大端。为保证将来能顺利推出,又在钢壳内部设置了八个液压油缸,考虑到在水下推出时,油缸组不一定同步,为保证正向推的时候永远在中心轴线上,又在推出段侧面一边加装了四个纠偏油缸……

2022 年 12 月 10 日,深中通道最终接头后焊段吊装焊接全部完成,进一步验证了自主研发的整体预制水下推出式最终接头工艺的可靠性,向海底隧道全线贯通迈出了坚实的一步。

种子播下,浇水施肥,就是为了它开花结果。

2023 年 6 月 8 日 9 时 50 分,珠海桂山岛沉管预制厂深坞区外,七八艘工作船舶围拢着"一航津安 1"沉管浮运、安装一体船,蓄势待发。广东省交通集团很快发布消息:深中通道海底隧道最后一个管节 E23 及最终接头,正式开始浮运安装。

最终接头长 5.1 米,宽 46 米,高 9.75 米,重约 1600 吨,此刻正套置在 E23 管节扩大端内,安静地等待花开璀璨时。

这一刻,宁进进、锁旭宏等参与者们,皆紧张、激动,更期待。

很快,在广东省海事部门工作船只的护航下,一体船提带 E23 管节和最终接头启航了。

熟悉的海域,熟悉的港珠澳大桥,熟悉的伶仃洋各航道,以及前二三十次的浮运过往,一切的一切,就跟此刻头顶湛蓝的天空、脚下辽阔的海面一样,都是熟悉的,但每个人的内心深处,又有那么一丝陌生在悄悄徘徊。

做了那么多次试验,验证了那么多组数据,最终接头,这个超级"抽屉",可千万别出什么意外状况啊……"一航津安 1"

号提带 E23 管节和最终接头安静地经过了港珠澳大桥,向最终目的地执着前行。

6 月 9 日凌晨,船队抵达 50 千米外的隧址,由中交一航局深中通道项目部开展后续的系泊、管节沉放对接等相关工作。

6 月 10 日 14 时,在深深的伶仃洋底,最终接头顶推作业准备就绪,在世界首创的千斤顶推出与水压推出双系统作用下,巨大的"抽屉",以每分钟 5 毫米至 10 毫米的速度缓慢推出。

一体船船舱内,所有目光都牢牢地注视着监控屏幕。

宁进进面无表情,锁旭宏同样面无表情……他们的心脏,此刻反而跳得更加平稳,他们相信自己和同事们的实力。

这次沉管对接,中交一航局与广东交通集团、设计单位、海事等多家单位通力协作,又有北斗定位系统和沉放安装控制系统加持,宁进进他们相信,诸如龙口流场复杂、作业空间受限、管节浮运安装难度大、推出段姿态控制难度大等世界级难题,终将被一一破解。

6 月 11 日凌晨,伶仃洋矾石水道风平浪静,世界仿佛仍在沉睡中。但是,在 24 米的深海之下,世界上最长、最宽的钢壳混凝土沉管隧道——深中通道海底隧道最终接头,已然顺利推出,与东侧的 E24 管节实现精准对接。推出过程中,中交一航局团队创新使用了水下双目摄影定位技术和水下拉线技术,通过两者相互复核、联合解算,为最终接头在海底安装对接,提供了更加可靠、更高精度的定位数据。

历经五年建设,深中通道"海底长城"正式合龙。

深圳与中山两市,在伶仃洋海底,实现了首次正式"牵手"。

灿烂的烟花,争先恐后地在伶仃洋上空绽放开来。一体船驾驶台前,与大家一起又一次彻夜未眠的锁旭宏,再也无法遏

2023 年 6 月 11 日，深中通道海底隧道最终接头顺利推出，与 E24 管节实现精准对接，标志着世界最长最宽的钢壳沉管隧道正式合龙（缪晓剑 / 摄）

制内心的激动，和团队成员紧紧拥抱在一起。不远处，宁进进也悄悄抹了抹眼角。

一段漫长的征程顺利结束了。

这期间，一次次的迷茫与求索，焦灼与创新，心血与煎熬，似乎都成为往事，又似乎已经雕刻成塑像，一尊尊、一组组排列在记忆中，回头可望，触手可及。

他们知道，脚下的路仍在延伸。他们只需片刻的休憩，随即又会投入下一场奋斗之中。这是他们的使命，他们人生的使命。唯有此，方能获得生命的真谛。

海底隧道合龙后，将开展最终接头后焊段施工，以期在 2023 年 11 月实现隧道贯通。此时，桥梁工程已经合龙，人工岛工程按计划推进，路面、机电、房建、交安和管内工程，均已全面展开，正向 2024 年项目建成通车奋力冲刺。

曙光，已点亮伶仃洋。

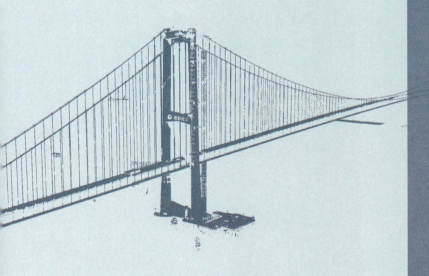

第八章

踏浪逐梦

伶仃洋大桥，是智慧与汗水的结晶、工业文明的雄伟产物。

它，位于强台风频发区域，面临自身超大跨度、超高桥面悬索桥抗风的安全性问题，面临离岸海中超大型锚碗设计施工建设经验少的现实；它的大体积混凝土构件多，处于强海洋腐蚀性环境下，大体积混凝土的控裂以及耐久性难度大；它的悬索桥主缆防腐耐久性和正交异性钢桥面抗疲劳耐久性是世界性难题。

然而，在中国工程师面前，这些问题垒砌起来的高地，被一一攻下。

伶仃洋大桥，这座世界最高的海中大桥，终将成为珠江口的超级地标。

一、向水而行

有些人，有些团队，注定不凡。

在业内，保利长大工程有限公司（简称保利长大）的发展史极具特点，换个角度看，保利长大的发展史，正是新中国发展史的一个侧影。

公司的前身，是中国人民解放军某团。当年，这个团从东北一直打到海南岛，最后驻扎在海南岛。1952年，以这个团为基础，组建了华南国防公路修建工程局。1958年，工程局下放地方，成为广东省交通厅公路局工程总队，又历经更名、改制、政企分开，到了2018年，已成为中国保利集团的成员企业……

沈卫东，保利长大深中通道S05标项目党支部书记。提起保利长大的历史，他如数家珍的同时，脸上的每一道皱纹，都荡漾着骄傲与自豪。1965年出生的他，常年以工地为家。为提高党支部的战斗堡垒作用，发挥党员的先锋模范作用，老沈可谓是想尽了办法——摄影，就成为他鼓舞士气的一件"大杀器"。

跟着团队，老沈曾在浙江待过八年，建了三座大桥。2012年，老沈喜欢上摄影，从此照相机就成为他的家人，走哪儿跟到哪儿，真正的妻子，却一个月只能见面两天。2018年下半年，保利长大开始承建深中通道S05标项目，老沈更忙了，人忙，手里的相机也忙，回家的时间就更少了。

"工期紧，又都是海上作业，安全压力大……"这些话，沈卫东不仅常挂嘴边，更时刻揣在心里。为了增强海上员工的归属感和凝聚力，他经常到海上平台与员工们谈天说地，按动快门给工友们拍一些工作照。他还牵头建设了海上篮球场，夏日送清凉、冬日送温暖、节日送电影、送文艺，将群团组织活动开展得有声有色，极大促进了项目建设。

正是因为长期在施工一线奔走，沈卫东对深中通道S05标项目建设的方方面面了如指掌，从伶仃洋大桥第一根主桩基开钻，到大桥西索塔完成桩基施工，再到大桥东锚碇地连墙顺利完工……每个环节，他都是亲历者。西索塔那56根平均桩长123.1米、直径3米的钻孔灌注桩，一根根插入深深的伶仃洋底

主跨 1666 米的伶仃洋大桥，主塔高度 270 米，是世界上最大跨径海中钢箱梁
悬索桥和世界上最高通航净空尺度的跨海桥梁（缪晓剑／摄）

时，沈卫东的心海中，也有一座高大的索塔拔地而起，像擎天
柱，像刺进苍穹的彰显人类意志的利剑，很宏伟、很有力量感，
令他心潮澎湃、血脉偾张，恨不得化身一根钢筋、一块水泥，
融入这宏伟之中去。

当然，正如沈卫东自己所说，在海上作业，不光有激动人
心的施工场景，更有令人胆战心惊的危险时刻。

伶仃洋大桥共有东、西索塔两座门式桥塔，分别由中交第
二航务工程局有限公司（简称中交二航局）和保利长大承建，
中交二航局承建 S04 标——东索塔、东锚碇。都是海上作业，
每天抬眼可见，竞争的意识就像两棵树苗，长在了每个人的心里。
随着工程建设迅速推进，两棵小树也在茁壮成长，两个承建单

位谁也不想落了后。

这种情形下，沈卫东几乎每天往工地上跑。

工作需要，沈卫东没有住在海上平台，而是住在众人所说的"后场"宿舍。这里，距海上施工平台约 22 海里，坐船单程也有一个半小时。需要去施工平台进行安全巡查时，沈卫东会起个大早，和同事们一起吃过早饭后，带上水杯，细细地整理一下装相机的背包，穿好救生衣，戴上安全帽，还要检查一下身边人穿戴是否齐整，然后赶往岸边。

2019 年盛夏的一天，沈卫东照常这么过的。带着七八位管理人员，在海上施工平台，从早上一直忙到夜里八九点钟，汗水混合泥水，身上的工作服湿了干、干了又湿，一个个显得很疲惫，到了收工时刻，都打算早点上岸休息一下。

一天下来，正常如昨，人的心就有些松弛。

老天爷却突然紧张起来。伶仃洋那阴晴不定的脾气，此刻开始显现。本来天空只是灰蒙蒙的，突然就起了风，且越来越大，将海水搅得翻腾起来，几乎在眨眼间，那浪头便有半米高了；再看头顶，灰蒙蒙变成了黑黢黢，那些厚重的云也不知在哪里藏着的，猛地现了身，在半空中抽搐、厮打、翻滚着，看上去天会塌下来，变成碎裂的黑曜石，重重地砸在世人身上。

沈卫东他们搭乘的是一艘不大的货船，航速不快。若在平日，坐着慢悠悠前往岸边，看看落日，赏赏海景，偶尔望着空中掠过的海鸥陷入短暂的放空状态，也不错。但此刻，大风已然四起，海水开始变浑，人们当然希望船开得快些、再快些。

离开水上作业平台也就几里远，那疯狂的雨就下了起来。风借着雨势，雨助着风威，海水也癫狂地配合着，瞬间就把世界裹入混乱中……人们眼前除了水就是风，什么也看不清了。

"加大马力，快点开！"有人催促船老大。

沈卫东却及时制止了船老大。

"不行，风浪太大啦——"他艰难地凑近船老大，"再走太危险！"

船老大当然也看出情况不妙了。在雨水的怂恿下，伶仃洋的海水已经跟船帮平齐了，时不时一个浪头卷过来，船头就猛地朝下扎一下，看着极吓人。船老大果断采用了"滞航"的办法，保持航向的最低船速，全力将风浪放在船首的适合方位上，迎浪前进，实际上船处于缓进或不进，甚至微退的状态，从而避免货船被"打横"。

所有人的心都悬到了嗓子眼儿。风雨恶狠狠地打在人的脸上、身上，有年轻人的脸色已呈铁青，似乎快要窒息过去。

"大家坚持一下啊，七月天孩儿面，说变就变，一会儿就会风平浪静……"沈卫东这个党支部书记，关键时刻再次成了大家的主心骨。

在老沈的鼓舞下，大家的情绪稳定下来。大概过去一个小时左右，雨停了，风也小了，伶仃洋恢复了平静。船老大及时加大马力，将众人平安送到了岸边。回到项目部办公区，沈卫东看了看时间，快到夜里12点了，简单地收拾一下，倒头便睡。翌日，才得知昨夜的暴雨，竟然波及面很广。深圳市某个工地还因此出现了人员伤亡。

众人听后，在觉得自己幸运的同时，也不禁为昨晚的惊险感到后怕。

千淘万漉虽辛苦，吹尽狂沙始到金。

对深中通道的建设者们而言，虽然每天汗水洗面、汗碱裹身，但有璀璨的目标在前，一切都不算什么，时间也就过得快了。

2018 年 9 月 6 日，伶仃洋大桥主墩桩基开钻。

2018 年 11 月 12 日上午，伶仃洋大桥西锚碇围堰筑岛专项工程正式开工，标志着大桥西锚碇施工正式拉开序幕。

2018 年 12 月 1 日下午，深中通道 S05 标西泄洪区非通航孔桥首根桩基钢护筒顺利下放。

2019 年 1 月 17 日，伶仃洋大桥西索塔首根桩基顺利完成浇筑。

2019 年 10 月 9 日，伶仃洋大桥西索塔顺利完成桩基施工。

……

万里长城正在一砖一石从蓝图变成现实，沈卫东情不自禁为工友们感到骄傲。他深知，深中通道各项建设的突飞猛进，与一线建设者们的辛勤付出、执着坚守密不可分，他们，才是深中通道的主人。

与这些人为伍，沈卫东浑身充满力量。

二、海中螺母

吴聪，保利长大深中通道项目部经理。

2018 年 2 月，吴聪随团队来到伶仃洋西岸中山马鞍岛时，望着茫茫苍苍的海面，他的脑海里飘浮着无数个问题，像是纠缠在一起的鱼钩，勾得人脑仁儿疼。

作为一个土生土长的广东人，吴聪非常清楚，深中通道对于粤港澳大湾区的发展有多么重要。同时，作为一名工程人，他更清楚伶仃洋大桥对于深中通道而言，乃关键控制性工程，它的建设速度，它的质量高低，直接影响深中通道的建设全局。

这座目前世界上最大跨径海中钢箱梁悬索桥和最高通航净空尺度的跨海桥梁，从名字诞生的那一刻起，就已万众瞩目，成为伶仃洋上最闪亮的星。

建成后，伶仃洋大桥全长 2826 米，主跨 1666 米，主塔高 270 米，相当于 90 层楼高，桥面距离海平面约 91 米，有 30 层楼那么高，通航净空达 76.5 米……但是，珠江口属于台风频发区，超大跨径、超高桥面的大桥，其结构和抗风性能否达到要求，能否安然挺立伶仃洋 100 年？

这个问题，需要工程师们用实际行动来回答。

同时，伶仃洋大桥的施工海域，不仅远离陆地，在西锚碇与西主塔之间，还存有 3000 吨级的龙穴南航道，通航环境极为复杂，施工安全风险极高……一系列问题摆在吴聪等建设者面前。

行动，是解题的最好办法。

深中通道管理中心组织高校和科研机构，进行了三年多的抗风研究，为伶仃洋大桥研发出新型组合气动控制技术，将大桥的颤振临界风速提高到每秒 88 米，达到世界最高，能抵御 17 级台风……而主墩平台钢管桩施工，由最初的每天仅能插打五六根钢管桩，到后来每天能插打十一二根。肉眼可见的变化，给了吴聪等建设者们莫大的信心。

那时，项目部购买的交通船还没到位，沈卫东、吴聪他们要去海上施工点，仍是坐拉货的货船，要一两个小时才能到达目的地。即便如此，每个人都像刚加满油的发动机，动力十足。

渐渐地，海水施工平台全备了，西索塔首桩混凝土灌注也完成了……当这一切按部就班又争分夺秒地建设到位时，再回头看当初的困难，吴聪情不自禁笑了，像个考出好成绩的小学生。

然而，微笑总是在风雨之后。

风雨来临之际，天时、地利、人和，缺一不可。尤其人和，才是解决问题的根本途径。

伶仃洋大桥是一座钢铁大桥，总用钢量将达到 8.5 万吨。要拉动如此重的桥梁，需要建设两座足够高大的桥墩，以及拉力足够大的主缆。

桥墩，也就是主塔，究竟采用哪种外形，曾在设计团队产生过分歧。有的提议用独柱塔，认为其外观简洁挺拔，个性鲜明，有较好的景观效果。但在伶仃洋大桥，这个独柱塔直径将达到 20 米，远看是柱子，近看就是一堵墙，且存在抗风稳定性较差的问题。最终，经集体决策，设计团队还是选择了门式塔。

待到建成之日，伶仃洋大桥一东一西两座主塔，将分别像两条巨型长腿，俊美地矗立在伶仃洋上。

高楼万丈，需要平地起。在水流湍急的伶仃洋中，将主塔筑造起来，绝非易事。珠江口为咸淡水交汇区，海洋环境腐蚀严重。为了有效阻隔海水与桥梁结构的接触，提高承台及桥梁的耐久性，工程师们想出了一个绝妙的办法：

为主塔承台套上一副"盔甲"。

东、西两个索塔，各需两副。

西索塔吊装这对"盔甲"时，沈卫东、吴聪都在现场，他们面对的，就是一个精心制作的钢吊箱。只不过，这是个巨大的钢吊箱，是个总高度 17.6 米、厚度 2.5 米、外径 41.1 米、重 1800 吨的圆形钢制构造物！

这副"盔甲"，不仅可以阻隔海水，还有利于索塔承台施工。由于承台顶面位于施工水域的常水位以下，有了这个钢吊箱之后，可以采取箱内抽水等措施，给承台形成一个干燥的施工环境，在洋面造出一块地面。完成了这一使命，钢吊箱还可以继续为大桥索塔服务，有它在桥墩处守护，伶仃洋大桥的主塔相当于穿上一副"铁护踝"，可以避免大桥运营期间，遭受船舶的直接撞击，为大桥提供强有力的安全保障。

为了确保伶仃洋大桥至少 100 年的使用寿命，工程师们不会放过任何一个环节。

这是中国态度，更是中国精神。

2019 年 11 月 6 日那天，伶仃洋上空万里无云，海水平静得像一面无边无际的大镜子。

为了确保运输钢吊箱的船能顺利穿越珠江口多条繁忙航道，安全抵达桥址，海事部门、施工方、监理方通力合作，全程立体护航，确保航道顺畅。

钢吊箱到位后，吴聪等建设者们，抓住风速、潮位较低的作业窗口，利用 3200 吨的起重船"长大海升"号，将钢吊箱稳稳吊起，平移至索塔桩基正上方，开始缓慢下放。

现场，所有人的注意力高度集中，全神贯注共同完成着这件大事。

时光似乎凝滞了。

为确保钢吊箱下放优质高效，起吊按 10%、60%、100% 三级进行，每级持荷十分钟。有专人全程检查各个起吊点受力、吊箱结构变形以及整体稳定性，测量人员全程监测并实时调整吊箱的平面位置及垂直度，其场景犹如众星捧月。每个人都兢兢业业、谨谨慎慎，令一旁"观战"的沈卫东很是感动，接连拍了多张精彩的照片。

在钢吊箱一点点的下降中，时间也在一点点流逝，伶仃洋的水面，依旧安静如初，以博大的胸怀，接纳了这个"钢铁巨人"。

下午 4 时许，伶仃洋大桥西索塔首个钢吊箱与 28 根群桩基础精准落位结合。"钢铁巨人"顺利扎根伶仃洋，成为主塔桩基的超级"海中螺母"，更成为实现百年品质工程的重要保证、基石。

然而，吴聪却很清醒。他深知，对于伶仃洋大桥主索塔建设而言，钢吊箱的精准下放，只是西索塔承台施工的先决条件，铺好了这块"垫脚石"，后续的工作才能有序开展。

待西索塔两个巨型钢吊箱全部成功下放之后，承台施工环境转为封闭干燥环境，承台主体工程施工也就正式开始了。

三、空中筑塔

2021 年 7 月 19 日下午 5 时，本来宁静的伶仃洋海面，突然传来阵阵欢呼声，随即，更热闹的鞭炮声响起。路过船舶上的人们，纷纷将目光投向了一个地方——高高耸立在洋面上的伶仃洋大桥主塔。

一个月前的 6 月 17 日，大桥的东主塔封顶。

此刻，是西主塔封顶。至此，世界上最大跨径海中钢箱梁悬索桥——伶仃洋大桥两座主塔全部封顶，都转入上部结构施工阶段。

尽管已近傍晚，阳光也不似正午时分那么猛烈，但在海水的蒸腾下，施工平台上依旧闷热异常。每个人的脸上都是汗水，身上的工作服早已印上一圈圈汗渍，但此刻，谁都没工夫去理会这个热，而是将目光投向了高高耸立的桥塔之上，仿佛那里正有一面火红的旗帜猎猎舞动。

2023 年 7 月 20 日，建设中的伶仃洋大桥（黄艺杰／摄）

站在人群的边缘，海上施工平台最受人关注的人、伙房厨师党绍明，也满脸的兴奋，比自己炒的菜被工友们夸奖时还高兴。

"老党，桥塔顺利封顶，你也功不可没啊！"有人拍着他的肩膀说。

党绍明就笑，脸上每道皱纹都漾着幸福与快乐，像刚刚灌下了一大杯凉啤酒。

2019 年 1 月前，海上平台是没有厨师的，考虑到工人们的身体健康，在沈卫东等人的关注下，党绍明到来，极大改善了建设者们的海上生活质量——吃得好、身体棒，干起活儿来才有力气嘛。

老党是个旱鸭子，快 50 岁的人了，从未坐过船。本以为跟坐车差不多，谁知到施工平台报到的第一天，船离开码头没多久，党绍明就晕船了，坚持到平台时，脸色煞白，像大病了一场。

但他的到来，令平台上每个人都笑容满面。

厨房的工作并不轻松。西索塔海上平台施工高峰期，有近300名建设者，党绍明和另一位同事每天都要往返岸上买菜，两人轮班，一轮一个月，每次要买500多斤的食材。工友们都忙，他俩也不好意思叫别人帮忙，在岸上，都是自己把菜慢慢扛到船上。这么跑来跑去，党绍明最大的收获就是不晕船了。

对老党而言，这是个意外收获。其他变化，那就更多了。随着建设的推进，海上施工平台的生活设施也越来越完善，宿舍区不仅安装了通信基站，有了空调，在沈卫东等人的操持下，还建起了篮球场、阅览室等休闲娱乐设施。按计划，主塔封顶后，塔顶也要建一间有空调的休息室，还要成立"云端党支部"……建设者们在270米的高空，也有了能小憩一下的场所。

西主塔封顶，是个大事，沈卫东当然早早地到场了。

望着直刺九霄的主塔，激动过后，老沈陷入了短暂的追忆——在他看来，保利长大的建设者们，能顺利将西主塔从无到有筑造在伶仃洋上，与这支队伍的老传统密不可分。

这是一支能打硬仗的队伍。

设计方案就是情报，施工现场就是真实的阵地，仗打到什么程度，最终能取得什么样的战果，跟这支队伍的意志有着直接关系。

胜利，不是那么容易获得的。

虽然伶仃洋大桥东、西两座主塔只是间隔了1666米，但因桥址所处的水文地质条件极其复杂，导致西主塔整体位于F4断裂破碎带，桩基要稳扎海底，必须穿过深达80米的角砾岩层，这意味着西塔桩基施工更复杂、更艰难。也的确如此，西塔塔基单桩最长已达 136 米，最大混凝土浇筑方量达到 1257 立方米，入岩深度及桩基长度，均创下珠江口特大型桥梁施工纪录。

基础施工，考验的是施工单位和建设者的智慧与能力。

看不见的事情最难做。

西主塔的 56 根基桩，每一根都要穿透角砾岩夹层，才能进入稳定的岩层。项目部充分考虑到施工难度，上了 10 台回旋钻机，并且在钻孔泥浆中加入高分子材料，确保施工质量。

而另外一个难题，则东、西两座索塔都将涉及。

伶仃洋大桥索塔总高度为 270 米，随着塔高的增加，塔柱的尺寸要逐渐收窄，最终呈现上细下粗、横截面呈八边宝石形的结构。每一节段的断面尺寸均不相同，这样的超高钢筋混凝土桥塔施工，给建设者们带来了极大挑战。

面对建设环境如此复杂、钢筋用量如此之大的现实难题，国内常见的钢筋混凝土索塔施工工艺已明显不适用。传统作业，哪怕再高，钢筋也需要工人在现场一根根绑扎，不仅限制了桥塔建造的品质和功效，工人们也会很辛苦，每天要爬上爬下，累得很，还没有安全感。为减少上下次数，建设者们只能减少喝水，尽量不上厕所，一天下来筋疲力尽。

伶仃洋大桥的主塔建设，若沿用过去的施工方式，显然行不通。

老路走不通，那就走新路。

只有将创新进行到底，才能高质量建设超级工程。

建设者们转变思路，采用钢筋部品化施工工艺，实现了工业化流水线生产。将钢筋在工厂内快速拼装成型，整体运到施工现场，再利用大型起重设备将其整体起吊、对接、安装……这种钢筋拼装方法，较传统的施工方式，不仅质量更高，还能极大提高建设效率，能将过去四天的工作量压缩到现在一天内完成。

同时，工程师们还研发了高性能的海工混凝土配合比，由常规工艺的"双掺"改为"多掺"，添加了硅灰和石灰石粉，并配套建设了海上集"水冷、冰冷、风冷"一体成型的智能化混凝土搅拌站，解决了海工大体积混凝土施工难题，显著提升了混凝土耐久性能。

为应对施工区域气候复杂多变、灾害性天气频繁等挑战，中交二航局深中通道 S04 项目部的工程师们，从自动造楼机上找到了灵感，自主研发了"竖向移动工厂"，将施工全过程的人、机、料、物、法、环等要素进行全方位实时监测与控制，从而更好适应了伶仃洋大桥全海上的作业环境。

所谓"竖向移动工厂"，在实际工程中应叫作"一体化智能筑塔机"，是整合了混凝土桥塔工业化建造成套技术的智能化筑塔平台，具有钢筋部品调位、混凝土自动辅助布料及振捣、智能养护和应急逃生等功能，能够随着塔身的浇筑进度，实现同步爬升作业。

每当和人谈起"竖向移动工厂"时，吴聪就会赞不绝口。

"它不仅把施工者保护得严严实实，而且布料啊、振捣啊、养护啥的，都实现了自动化……"吴聪的眼里有喜悦在闪烁，"其上还给建设者们配备了卫生间、休息区和可以遮风挡雨的伸缩平台，简直是攻坚利器！"

这个一体化智能筑塔机，可实现塔柱每天 1.2 米的建设速度，相比传统工艺，提高效率 1.5 倍，且减少作业工人 40% 左右，减少了高空作业风险。

其实，只有参与制造的工程师们知道，"竖向移动工厂"的研制，是在已运用了几十年且相对稳定成熟的液压爬模爬升技术之外的另辟蹊径，过程相当不易。技术团队经过多方考察，历时一年零五个月，才自主研发成功，光是那些设计图纸，摞起来就有半人高。

那摞着的，哪里是图纸哦，分明是中国工程师们的心血与智慧。

这些心血与智慧的结晶，随着时间的推移，定会愈加晶莹、璀璨。

四、百年之基

深中通道从蓝图变成现实，至少凝聚了15000多名建设者的智慧与汗水。

在保利长大深中通道S05标项目党支部书记沈卫东看来，这些建设者，才是确保深中通道成为百年超级工程的根基。

无论何时、何事，人，都是最根本的因素。

伶仃洋大桥的建设过程中，来自四川大凉山以及山东等地的建设者，成为主力。沈卫东自己就结识了很多这两个地区的工友们——皆是勤劳、淳朴的人。

1978年出生的四川泸州人黄维俊，就是其中之一。

2019年初，有着二十多年工地施工经验的黄维俊，来到深中通道海上平台，负责主墩平台上水泥浇筑、钢筋绑扎施工的安全监督，带领着一个由50人组成的班组。这一猛子扎进伶仃洋，黄维俊便是一整年没回家，当然也没能见到家人。

若说不想家，不想老婆和三个孩子，那是假的。

但是，想又能怎样？工期紧张，距离遥远，最初海上施工平台连手机信号都没有，想打个电话还要去岸上才行。平台离岸边、离项目部"后场"均不近，坐船要一个半小时，即便如此，也需要一个月左右才有机会上岸一趟……

于是，劳累一天后，思念就成了生活的全部。

2020年的春节前，黄维俊本打算请假回家过年，跟亲人们团聚一下。但那时，为了不耽误工期，为了伶仃洋大桥早日矗立珠江口，更为了深中通道尽快连通珠江口东西两岸，项目施工是24小时不停歇的。人可以换班来，机器不能停。黄维俊的班组，分成早班和夜班，早班是早6点到晚6点，夜班是晚6点到早6点，而他经常是早6点上班，到夜里10点才下班。这种情形下，黄维俊犹豫再三，始终没将请假的话说出口。

眼看进了腊月。

工地上事情却一天比一天多，黄维俊带着工友们干得更起劲儿。只是到了夜里，躺在海上平台宿舍区的简易房内，望着灰蒙蒙的屋顶，却怎么也睡不着，身上每块肌肉疲惫得很，感官反倒清醒。于是看到床边挂着的工作服，闻到了浓浓的汗渍味儿，白天，上面又溅上很多水泥点子，明天该抽空洗一洗了……随着海风，伶仃洋的呓语丝丝缕缕钻进房间，在黄维俊耳边久久萦绕，脑海里就更显纷乱，直到后半夜，他才迷迷糊糊地睡去。

天亮后，到了自己的班，黄维俊穿上该洗的工作服，戴着黄色的安全帽，早早地来到了施工现场。晨光下，整个人除了脸庞黝黑外，眼神坚毅，动作敏捷，看上去很有精气神，似乎昨晚睡了个很解乏的觉。

只不过，除去必要的工作交流外，一整天黄维俊很少说话。

　　工友们知道，老黄这是想家了。

　　在人们的印象中，应该是年轻人更想家，但在深中通道建设一线，却恰恰相反。年轻人，尤其是未曾结婚的年轻人，奉献精神都很强，很多主动留在海上过年，且以"90后"居多，也有不少的"80后"。在黄维俊的班组，有十几名来自大凉山的彝族小伙。因彝族新年在去年（2019年）11月就过完了，这些彝族青年更是特意值守施工点，把春节回家团聚的机会让给了老员工们。

　　当然，黄维俊是不会去占用这些宝贵名额的。

　　腊月二十三，小年糖瓜粘。

　　工友们发现黄维俊有了新变化。每天，无论夜里下班有多晚，只要不值班，只要还有船，黄维俊指定会乘船回岸上的"后场"，全然不顾往来的舟车劳顿。关键是，每当休息时，同事拨打他的手机，电话的另一头似乎变了个环境。有时，第一个接通电话的，甚至不是黄维俊本人。

　　"爸爸，有人找你！"电话那一端，传来一个小女孩脆生生的声音。

　　"等一下，他马上来！"回答的却是一个四川口音的女人，其间还夹杂着厨房做饭的动静。

　　有知情人笑着跟工友们解释："黄组长的老婆孩子来'后场'过年啦……"说的人满脸笑意，听的人也满脸笑意，像是自家人也来了一样。

　　事实上，因伶仃洋大桥建设任务紧张，工作量很大，即便是妻子孩子来到了中山，黄维俊和家人同样聚少离多。

　　茫茫伶仃洋上，将有200多人在海上度过春节。

他们分散在二十多个场所，为深中通道、为大湾区的融合发展，默默贡献着自己的力量。未来，人们乘车行驶在深中通道，在享受便利、顺畅、安全的交通环境时，或许不会记得这些建设者的名字，但他们付出的心血与汗水，曾经有过的快乐与忧伤，已然与这座超级工程融为一体，哪怕再过一百年，依旧在伶仃洋的水面上熠熠生辉，如繁星落入海洋。

为了让工友们在海上也能过个开心年，沈卫东等管理者做出了很多努力。

海上过节，硬件也不弱。

海上平台的一排排宿舍门口，一盏盏大红灯笼高高挂起，为横平竖直的宿舍区增添了温馨与柔情。海上篮球场的四周，也已布置完毕。党绍明的用武之地——厨房里，各种食材早已备齐备足，随时可以满足建设者们的味蕾。手机信号、WI-FI信号也比过去顺畅了，看视频一点也不卡。饭堂一角，还开辟了K歌专区，哪位工友想一展歌喉，拿起话筒唱就是了……

但沈卫东仍感到不太满意。

坚守海上的200多人，并非都在主墩平台上，锚碇区、引桥位置、交通船、起锚船，以及拖轮与警戒船，还有黄维俊和他家人所在的"后场"，都有坚守者的身影，他们像一根根管桩，无怨无悔地扎根伶仃洋上，却不能像其他项目人员那样，可以在一起集中聚餐，无法共享海上团年饭。

这些坚守的人们，有工龄超过30年的老技术员，将自己人生的一半时间，都献给了工地；也有初出茅庐没多久，仍在辛勤工作中茁壮成长的年轻人；还有很多是完成港珠澳大桥、南沙大桥的建设，直接转场过来的建设者……

天南地北的建设者齐聚深中通道，形成一股强大、迅猛的力量，使西人工岛、东人工岛、海底隧道、伶仃洋大桥、中山大桥……一个个"新地标"，从苍茫的海面上生长起来，越来越茁壮，眼看着连成一线，最终直抵人心。

作为保利长大深中通道项目部经理，吴聪长期与工友们忙碌在一线，对身边人了解得更多，加上他刚刚迈入不惑之年，脾气性格还与年轻人无二，很容易跟工友们融到一起。他不仅知道黄维俊是个讷言敏行的人，更知道作为一个班组的组长，他的新春愿望是什么。

听工友们讲，黄维俊有两个愿望，一是希望新的一年，伶仃洋大桥西主塔的建设顺顺利利；另一个愿望就是春节期间回到"后场"，趁着孩子开学回老家之前，带他们去一趟他也没去过的珠海，领着家人逛一逛海洋乐园，感受一下粤地的春节氛围……

吴聪认为，黄组长的愿望都会实现。他不仅理解工友们的想法，更佩服这些建设者们的坚韧与坚守。伶仃洋大桥项目，不要说对建设者个体，就是对保利长大这个团队来说，也是极富挑战性的。水中的大桥他们建过很多，但像伶仃洋大桥这样建在海中间的全离岸工程，还是首次。

遑论大桥主索塔，单就黄维俊班组正从事的海中锚碇建设，其从锚碇筑岛到 DCM 桩施工，再到吹填砂与软基处理，哪一项都是攻坚战。待到几个月后，大桥西锚碇地连墙完成混凝土浇筑施工，就会全面转入内衬和基坑开挖阶段，然后锚碇实体施工全面展开，预计浇筑量会达到 18 万立方米。

这将又是一个世界第一。

而创造这些世界第一的人，正是黄维俊、党绍明、吴聪……

长虹卧波

第九章

倘若，将深中通道看作跨越珠江口的一条巨龙，那么，伶仃洋大桥就是龙的脊梁。

作为三跨吊全漂浮体系悬索桥，远观伶仃洋大桥，极具质感，桥身像一道长虹，横卧伶仃洋上。侧面望去，两道粗长的悬索，在半空形成三段优美弧线，像一只巨大的海鸥从天际飞来，翅膀的两端，分别镶嵌着两块百万吨的巨大"钻石"。

这座跨越台风频发区的超大跨径悬索桥，全长 2826 米，主跨 1666 米，其抗风设计面临严峻挑战。同时，大桥采用的海中巨型锚碇结构，施工技术难度大，海洋环境对结构的耐久性影响，也是个突出问题。

但是，建设者们仍像"神笔马良"那样，用智慧与汗水，将伶仃洋大桥由蓝图变成了现实。

一、锚碇乾坤

伶仃洋大桥为悬索桥。

悬索桥最重要的构件有桥塔、主缆索、锚碇、吊索。其中，锚碇是悬索桥的关键性受力构件，用来锚固主缆，其作用就像两个秤砣。伶仃洋大桥的东、西两个"秤砣"，分别由百万吨的混凝土筑成，是超级"秤砣"，世界第一的海中"秤砣"！

这么个大家伙，在深深的海水中筑造，还要能牢牢地扯住伶仃洋大桥的两根主缆索，绝非易事。

单单西锚碇人工岛的筑岛方案，就是在千锤百炼之后，才定夺下来。

保利长大深中通道项目部经理吴聪，不仅记得当时的情形，甚至能清晰地回忆起当时骨干人员的状态——为了拿出最科学、最高效的筑岛方案，他们组建了一支团队，其中有位刚从云南大学毕业的"90后"研究生陈凡，小伙子刚刚在南沙大桥参建了一段时间，如今又来参与伶仃洋大桥建设，项目部想将他早日锻炼成栋梁，就委以了重任：让陈凡以技术员的身份，参与起草西锚碇人工岛的筑岛方案。

初出茅庐，重担在肩。

陈凡摩拳擦掌，准备大干一番。奈何刚毕业没多久，只会画图搞设计，对现场施工技术"两眼一抹黑"，朝前望路茫茫，回头看履历浅，陈凡心里不免打鼓。好在，大家都是在摸索中前进，又有吴聪等人的鼓励，陈凡也就定下心来，不懂就问、不会就查阅资料，逢山开路、遇水搭桥，从 2018 年 2 月开始，与同事们跋山涉水、携手前行，终于在四个月后，拿出了一套完整的筑岛方案。

怀揣忐忑与期待，交与专家会讨论，却因所提的"钢管围堰"方案，不太适用锚碇所处海域水文地质条件，被否决了。

陈凡的心情瞬间坠入冰点。

那时，中交二航局的东锚碇方案已经确定，西锚碇这里还要推倒重来……压力，像被飓风卷起的伶仃洋海水，铺天盖地朝陈凡等人拍打过来，令他怀疑自己是否胜任这个任务。沮丧之下，陈凡悄悄写好辞职报告，只等无法承受之时，一走了之。然而，也就是这天夜里，他躺在床上辗转反侧，总有个声音在耳边不停回响：

"若是跨不过这道坎，你永远也成长不起来……"

扪心自问，陈凡喜欢这份工作，也不畏惧挑战，他只是暂时有些迷茫罢了。第二天，他清楚了自己该怎么做了。

扫清心理障碍后，陈凡和 S05 标的技术团队开始了再一次攻坚。查阅资料，调研取经，实地勘察，无数次激烈讨论、无数回挑灯夜战之后，这支坚韧的队伍拿出了一套极富创新性的新型柔性筑岛结构方案：

为加强海域复合地基的承载，使用专业设备，在海底打下相对于钢管桩更加"稀疏"的 DCM 桩，进行软基处理，而后采用大型抗浪砂袋围成岛壁，再吹砂成岛……相比钢圆筒围堰的传统施工方法，这个柔性方案更适合浅水区，节约了大量钢材和大型设备的投入，并且在最终拆除时，更加高效便捷。

专家会上，此方案被一致通过。

陈凡他们当然开心。但对于建设者来说，最开心、最有成就感的时刻，还是将厚厚的施工图纸变成眼前现实的那一天。为了这一天早日实现，他们心甘情愿砥砺前行，继续披荆斩棘，浇灌梦想。

2018 年 11 月 12 日，很普通的一天，但因保利长大承建的深中通道 S05 标伶仃洋大桥西锚碇围堰筑岛工程开工，成为陈凡等建设者心中值得纪念的日子。

这意味着，西锚碇建设正式拉开序幕。

这之后，在汗水、泥水与海水的共同浇灌下，日子开始迅猛生长。

2019 年 12 月 13 日，中交二航局承建的伶仃洋大桥东锚碇地连墙顺利完工。

不久后的 2020 年年初，新冠疫情暴发，伶仃洋大桥的各项建设并未因此止步不前。建设者们坚持防疫与复工"两手抓"，优先组织低风险地区工人包车返岗，从四川接回 200 余名一线工人，边开展防疫教育、安全技术培训，边全方位推动复工复产。

在保利长大，"伶仃先锋""党员先锋队"相继成立，一张张坚毅的面孔，一张张被珠江口的太阳晒得像来自非洲的面孔，冲到了西锚碇建设的最前沿。高峰期，西锚碇作业人员达到 228 人，投入机械设备 26 台，混凝土拌和站 24 小时连续供应，保障了建设加速推进……

转眼到了 2020 年的夏天。

7 月 12 日，在吴聪、黄维俊等建设者的共同努力下，伶仃洋大桥西锚碇地连墙顺利完成混凝土浇筑，为接下来的施工，足足抢回一个半月的工期，为锚碇实体施工打下了坚实基础。

地连墙工程是整个锚碇主体的安全保护结构，深中通道锚碇采用的 8 字形地下连续墙基础，在国内是首次。施工共划分 79 幅槽段，其中包含两幅"Y"形特殊槽段。在面对超大海中锚碇施工无可借鉴经验的困难下，团队成员立足革新，创造了两天完成一幅的施工速度。累计浇筑混凝土总量约两万立方米。

2020 年 9 月 20 日，伶仃洋大桥东锚碇基坑开挖完成。

2021 年 3 月 12 日，历经 54 天的混凝土浇筑，伶仃洋大桥西锚碇填芯施工全部完成，顺利推进至下一阶段施工。西锚碇填芯施工共分为 12 次浇筑完成，填芯钢筋总用量达到 300 吨，共浇筑混凝土约 13 万立方米。在施工过程中，吴聪带领黄维俊等一线工友们，从 1 月 18 日正式开始，至 3 月 12 日全部完成，克服了夜间施工、连续施工等困难，创造了 15 天完成 4.5 万立方米混凝土浇筑的记录，整体比原计划提前了 18 天。

　　几个月后的 12 月 2 日，伶仃洋大桥东、西锚碇锚体完成施工，中交二航局与保利长大携手前行，确保了工序一致。

　　至此，现阶段世界上最大的海中锚碇，像钻石那样，以硕大的带有工业美感的不规则切面，闪亮登场伶仃洋。它高达 38.51 米，宽有 83 米，长约 61.14 米，重量可达 100 万吨。这样的东、西锚碇，就是深中通道上的两颗巨型钻石，用自己的体重，"压住"了整座桥梁以及将来行驶在桥上的所有车辆的重量，默默地为人们保驾护航。

　　它们，不仅会像钻石那样坚固，更会像钻石那样恒久、迷人。

2023 年 4 月 28 日，伶仃洋大桥全景（黄艺杰／摄）

2023 年夏季的一天，有记者来访，保利长大深中通道项目部经理吴聪陪同，一起来到了伶仃洋大桥。此时，大桥已然合龙。

站在大桥上，顺着主缆望去，记者看到了那两个钻石模样的巨大锚碇，好奇地问："这锚碇有多大？"

这个问题，吴聪不知回答了多少次，但只要有人问起，他仍会面带笑容和自豪地细细给人家讲解，一举一动，像自家孩子被人夸了的家长。

"伶仃洋大桥单个锚碇重约 100 万吨，"见对方面露惊讶，吴聪越发气定神闲，"面积嘛，相当于 17 个国际标准篮球场。"

"世界最大？"

"没错——目前为世界上最大的海中锚碇。"吴聪解释说。

"厉害！"记者赞道，又问："这个锚碇的具体作用是……"

"两根主缆索传来的整个大桥的载荷，全靠锚碇拉着。"

"那……缆索怎么固定在锚碇上呢？"

吴聪露出了会意的笑。"看到了吗，那里……"他用手指了指西锚碇的上部，"那里，其实算是一座钢筋混凝土结构的房子，有个小门，可以进人的，若是进去，你会看到，缆索从锚碇的窗口进去后，最终固定在了索鞍上，"吴聪转过身，又指向东锚碇，"如此，两个锚碇形成'拔河'之势，就承担起了吊住桥面的重任。"

"真是超级工程，这么个锚碇，也筑造得如此美轮美奂！"记者又由衷地赞道。

恰好，有股温暖的风从远处贴着伶仃洋面吹来，轻轻拂过吴聪的脸颊，这个已然四十有三的汉子，很惬意地笑了。

二、空中飞道

现在，如果你经过伶仃洋大桥，会发现吴聪所说的主缆索，就是悬挂在大桥主塔上的两条白色"大缆绳"——这可不是普通的缆绳，每根直径有 1.06 米，两根主缆的总缆力将近 30 万吨！每根主缆均由 199 根通长索股组成。单根索股长约 3 千米、重约 85 吨、可承担极限拉力高达 740 吨，由 127 根 2060 兆帕、直径 6 毫米的高强镀锌铝耐久钢丝组成，是目前国内强度等级最高的悬索桥主缆钢丝。这样一根小小的钢丝，却能将三辆家用小轿车同时吊起。

更令人赞叹的是，在两根主缆内，每根还嵌有四根智慧索股，具备自感知、自修复防护技术，保障了主缆的抗腐蚀能力，解决了海洋环境下大型悬索桥主缆的腐蚀疲劳问题，确保主缆钢丝能有效使用 100 年。

若说伶仃洋大桥是深中通道的脊梁，那么这两根主缆索，便是伶仃洋大桥的脊梁。

喜鹊在树梢搭窝，细小枝条垒得安如磐石，很精妙，很复杂，很令人称奇，但让人百思不解的是：树梢高高又晃晃，那第一根树枝，喜鹊是怎么搭上去的，岂非有点风吹草动便功亏一篑？

这个问题，若移到伶仃洋大桥上，就是：两根那么粗、那么重的主缆，是怎么架到 270 米高空的，第一条索股又该怎么上去呢？

这个问题，也有人问过保利长大深中通道 S05 标项目党支部书记沈卫东。当时，老沈正在"后场"的办公室，听了这一问后，他微微闭眼想了一下，表情专注，似乎在脑海中搜索过往的画面。

"先导索其实是条绳子，先与大桥西主塔下放的钢绳相接，由牵引船拖拽，朝东主塔慢慢接近，至东主塔中跨平台处连接，再利用卷扬机小绳换大绳，最后形成一个闭环……"

在外行人听来，老沈叙述的事情，简单得像拎着菜兜从一号楼走到三号楼。

事实上，哪会那么容易。这需要承建东、西主塔的中交二航局与保利长大通力合作，且克服重重困难，才得以完成。

2022年2月15日，元宵佳节，吃汤圆、闹花灯的时候，伶仃洋上，却正在上演一出"重头戏"——伶仃洋大桥先导索过江。

这是悬索桥上部结构施工的第一步，万里长征头一脚。

在国内，大跨径悬索桥先导索过江的方式，有船舶拽拉、火箭抛送、热气球牵引、无人机牵引等不同方法。这次伶仃洋大桥先导索架设，经多方案比选、专家论证及现场实验，最终采用了船舶拽拉的方案，由中交二航局深中通道S04项目部组织施工，保利长大深中通道S05项目部配合。

正午1时许，在海事部门的护航下，拖拽先导索的牵引船离开西主塔，开始缓缓朝东主塔而来。天气晴好，伶仃洋似乎变成了一汪安静的湖，水面上只有细小波纹。即便如此，所有人都不敢掉以轻心。

水上牵引先导索，放绳速度与船速的配合很关键，快了慢了都不行，一旦绳索入水被障碍物缠绕，施工就会前功尽弃。此刻，伶仃洋大桥1666米的跨度，仿佛被延长了10倍、20倍。足足过去一个半小时，牵引船才缓缓抵达东主塔。随后，在统一指挥下，东、西主塔两侧同时提升先导索，使其成功升至距水面80余米的高空。

伶仃洋大桥两主塔的首次"牵手"，成功完成。

站在东、西两侧主塔的建设者们，同时松了一口气。但很快，又暗自给自己鼓足了新的干劲儿——还有更多、更艰巨的任务在前面等着呢。

接下来，中交二航局和保利长大两项目部要同步开展先导索置换，换成直径36毫米的钢绳，完成主塔和锚碇之间的牵引系统施工。

伶仃洋大桥，开始有了桥的雏形。

五月的伶仃洋，若非雨天，就一个字：热！

其实，雨天也未必凉快。珠江口的雨来得快、去得也快，雨来之前闷热，雨过之后湿热，都不舒服。

此刻，里沙戴着宽檐帽、墨镜、手套……浑身裹得严严实实，仍感觉毒辣辣的阳光已经刺透厚厚的工作服，顺着毛孔舔在了骨头上。有风，尚在许可范围，但每走一步，他仍感觉被晃得快要腾空而起，变成一只飞在伶仃洋上空的海鸥。

好在，周围有1.5米高的红色防护网，脚下有双层镀锌钢丝网，上面还铺设有防滑木条。这些保护措施，令来自四川大凉山的彝族"90后"小伙里沙心中很踏实，哪怕风再大一点，也不影响接下来的施工。何况，还有专人随时关注天气变化，若气象条件不符合施工要求，会立即将工友们撤下去的。

想到这里，里沙脚下又生了根，他挺挺脊背，稳稳地朝更高点攀去。

脸色黝黑、笑起来尽显一口白牙的里沙，正行走在世界上最高的施工猫道上——伶仃洋大桥猫道。

所谓猫道，当然不是猫走的道，而是悬索桥施工时，架设在主缆之下，平行于主缆的线形临时施工便道，是悬索桥上部结构作业的高空施工平台，是上部结构各个工序能够顺利施工的前提和保障。

2022年4月22日，伶仃洋大桥两幅猫道实现全线贯通，单幅宽约4.1米，总长约3000米，由12根54毫米高强度钢丝绳承重，两猫道间设置了17个横向人行通道，将猫道连成一个整体，以减少人员通行时的晃动。

虽为临时设施，但工程师们考虑到建设环境复杂，区域台风等恶劣天气高发，设计猫道时，专门做了风洞实验，按照抗14级台风的标准建设，在确保结构静力安全的同时，兼具优异的抗风稳定性，便于施工人员在上面进行高空作业。

即便如此，第一次行走在伶仃洋大桥的猫道上，人们仍然会两腿发软，而有恐高心理者，则更是两股战战、呼吸急促、嗓子眼发干。

太高了！

2022年4月22日，深中通道伶仃洋大桥猫道实现全线贯通。图为施工人员在猫道上施工（缪晓剑／摄）

猫道最高点即 270 米高的主塔顶，最低点距离海面高度也有 105 米，高低之间的落差约为 165 米，相当于 55 层楼房的差距。站在如此落差的巨大抛物线上，举目四望，除去深邃苍穹就是茫茫大海，脚下时不时还会晃动，人又怎能不心生恐惧。

好多新来的工人站到猫道上，会不由自主"猫"着腰走路。

但里沙不会，不仅他不会，他的两个弟弟也不会。还在南沙大桥建设期间，三兄弟就曾从事过高空作业，如今来到深中通道，参与伶仃洋大桥的主缆架设工作，他们同样是主力。像他们兄弟这样，来自四川大凉山的工友，在伶仃洋大桥建设中还有 33 人，这些老乡兼工友们，哪个站出来都是响当当的汉子。

大家早已适应了这种"空中飞人"的工作环境。

其实，只有这些勇敢的汉子自己知道，在夜里风大时，猫道上下摇摆幅度仍可达两三米，不仅为主缆架设带来很大阻碍，对人的心理挑战也非常大。

兄弟齐心，其利断金。

在大哥里沙的带领下，兄弟三人和其他工友牢牢抱成一团，互相帮助，互相鼓励，在项目部的组织下，圆满完成了一项项艰巨的建设任务，让人们赞不绝口："彝族兄弟真是好样的，胆大心细，上进心强，不愧是高空作业的得力干将！"

对此，里沙等人却微微一笑，甚至有些羞涩。

"从大山走到大桥，不仅给了我们一片新的天地，还能得到大伙的肯定，感受到社会各界对一线产业工人的关注，真令人高兴……"一次，面对来访者，里沙如是说。

2022 年 5 月，伶仃洋大桥进入架设主缆的施工阶段。

大桥的单根索股，比同级别跨径悬索桥索股重了约四成，这使得主缆架设、紧缆，面临前所未有的挑战，索股层距、线形控制的难度也更大。而这一切，都需要建设者们在猫道上完成。

里沙等一线建设者，是在用勇敢、智慧、坚韧、汗水，成就着超级工程。

三、穿云跨海

正午时分，风悄悄地大了。阿青感觉脚下有些晃，像站在巨大的钟摆上。

好在，身旁有防护网作屏障，心里还算踏实。于是，感觉又变了，像立于小船中，晃啊晃，摇啊摇，令她想闭眼眯一会儿。然而，阳光太毒了，空气变成热气，全身汗津津的，还有汗珠子挤进眼角，让人蛰得慌，困意哪儿能占了上风？

下意识地，阿青停住脚步，手扶防护网，努力闭上了眼。

她想让自己获得短暂的放松，以补足勇气。

果真，深吸了几口气后，脑海中那团热气散开了些。阿青想看看防护网外面的伶仃洋，想看看这会儿大海是什么颜色，头扭过去了，却闭着眼，直到肩膀又转回来，才睁开。索性断了念头，盯住脚下的防滑木条，一步步向猫道的最低点走去。

没错，这位来自四川的中年妇女阿青，正行走在伶仃洋大桥的猫道上。

午休时分，除了她，猫道上空无一人——哦，对了，对面的大桥主塔上，有人在等她。两个人说好了，半个小时后在那里的"空中驿站"职工之家见面。那里不仅有人等她，还有空调、凉饮……想到这儿，阿青有些绵软的双腿，又恢复了气力。

阿青是伶仃洋大桥西主塔负责驾驶电梯的女工，也是大桥建设项目中为数不多的女工之一，她性格开朗、吃苦耐劳，很受工友们尊重。在海上施工，女工更辛苦，但阿青的丈夫也在工地上，就在对面的东锚碇施工现场，虽不能天天见面，但想到最亲的人也在伶仃洋，再苦再累都不叫个事儿了。

今天，轮到阿青休班，恰好丈夫也休息，她决定过来见个面。阿青认为丈夫比她累，每次见面，她宁愿自己多走些猫道。其实，这么远跑一趟，也没啥要紧事，却又感觉有一肚子话要说。

现在，阿青正从西主塔的最高点，也就是猫道的最高点走下来，到了最低点后，再向东主塔的最高点攀登。向下是惊、是险，向上是热、是累。为确保工友们安全，项目部开展了安全培训以及防高坠演练，阿青都参加了，甚至还体验了模拟雷电将来的感觉……所以，她知道自己很安全，也习惯了高空状态。但实话讲，就她自己一人时，望着脚下深不见底、白浪翻腾的伶仃洋，望着长长的落差如此巨大的猫道，胆战心惊还是有的。

阿青相信猫道的设计师们，相信铺设猫道的工友们，更相信自己。这幅猫道，自从铺设完毕后，阿青不知走了多少趟，哪怕有风的时候，哪怕猫道有些晃，她也从未退缩过。

有啥子怕的呢，那些牵引索股的工友们，每天攀上爬下，白天牵引，夜间调索，既辛苦又危险，他们谁也没说过啥，谁也没耽误过一件事，阿青认为自己也应该如此。

阿青是位电梯工，尚且晓得索股牵引不易，作为保利长大深中通道 S05 标的项目副经理，张凯更清楚过程的艰难。

2022 年 5 月 15 日那天上午，珠江口水域，在全球最高的海上施工现场，身着橘黄色工作服的工人，将首根索股的前端慢慢拉出，挂在系了大红花的拽拉器上，随后，在卷扬机的拉动下，这根长约 3000 米、重约 85 吨的索股，慢慢地向大桥东锚碇移动，六个小时后，顺利抵达。

那一刻，阿青在电梯间里得知了这一过程，情不自禁地，心跳加快了。等主缆架设完毕，就可以铺设桥面了，到那时，自己和丈夫就可以坦途相见了，想想也是美得很。

但张凯等人却高兴不起来。

6个小时一根索股，199根就需要1000多个小时，肯定不行！

接下来，他们投入20台卷扬机和2台大塔吊，由里沙三兄弟在内的25名胆大心细的熟练工负责牵引，采用"白天牵引、夜间调索"的双向施工模式，加快了进程，使得单根索股牵引耗时缩减至2小时30分钟左右。施工高峰期，每天可以完成单幅4根索股牵引，远高出行业平均施工效率。

白天牵引，夜里调索。第一次听到这个说法时，阿青正驾驶电梯将几名工友往主塔顶上送。当时，听他们几位这么聊天，她很感动，也很心疼。阿青知道，丈夫在东锚碇也会非常忙。

张凯他们认为，必须如此。

为确保施工质量，白天拉索时，从索股牵引到提升横移，最后整形入鞍，这一过程，索股状态的检查、鞍槽木屑的清扫……每个关键点，都要有人值守。白天施工紧张，晚上也不轻松。第一根索股牵引成功并完成线型、高程测定后，接下来每根索股都要以它为基准进行牵引调位。由于索股、锁夹等皆是钢结构，白天气温高，对温度敏感，必须要等到夜里，温度降下来了，才可进行调索。

那天，阿青值夜班。晚上9时左右，湖北黄冈人周霁进了电梯，40岁的他，负责调索、测控。两人聊了几句。

"又要盯一夜？"周霁问阿青。

"是。您怎么这么晚还要上去？"阿青笑道。

"调索。"周霁也笑了。天天乘电梯，他很敬佩眼前这位大姐。热情、乐观的她，可以带给人一天好心情。

"预报说一会儿有雨。"阿青摁了电梯按钮。

"没事，小雨，在上面等会儿，等索股干燥了，我们见缝插针就好了。"周霁解释说。

"也好，又可以看日出了。"阿青这句话像是自言自语。

周霁却会意一笑。工作性质，这段日子，他经常一熬就是一宿。伶仃洋风大，夜里尤甚，对调索影响很大。虽然他们通过主缆"V"型保持器和索股抑振装置缓解了这一状况，但当风速超过六七级时，调索仍须停下来。然后就是等，等间隙。主塔上有风速仪，周霁他们就盯着它看。有时，盯着盯着，东方的天空就有了变化，先是渐渐地青了、白了，片刻后又黯淡下来，少顷，蓦地就亮了、红了……接着，那张熟悉的给这个星球带来温暖的脸，憨憨实实地出现在了天际线上。

日出东方，新的一天又来了。

脑海中纷杂着各种场景，阿青过了猫道最低点，开始向东主塔顶端攀登。尽管已熟悉这种环境，毕竟四十多岁了，她还是感觉小腿有些抖。

"咬咬牙就攀上去了，见了面，让他请吃雪糕！"阿青喃喃道。脚下用力，开始上行。

人啊，越是累的时候，越不能去想这个"累"字，否则，骨头会散。

阿青和丈夫虽然都在伶仃洋大桥的建设一线，却因两塔分隔，想见一面并不容易。但阿青反倒觉得蛮有意思，像牛郎织女那样，自己和丈夫之间也隔着一条"银河"，给人留下了想象的空间，而且是有盼头的想象。

等到"鹊桥"建好，夫妻二人再见面就相当容易了。

颤颤悠悠，不知踩过多少防滑木条，阿青攀到了上坡的中间。抬头，已经看见一个身影站在东主塔上的"空中驿站"门口，在朝她挥手。阿青笑了，也朝那身影晃了晃胳膊。

这些人真可爱，不仅会建超级大桥，还超级会起名字，整个"空中驿站"，听着很有科技感，显得很有格调，让人忍不住想进去看看。工地上，不仅塔顶有"空中驿站"和"伶仃空间站"，里面有可以供大伙儿纳凉、休息的设施，在西主塔的海上施工平台，还有"健康驿站"，项目部与当地医院协作，长期有医生值班，工友们哪里有个不舒服，都能及时得到医治。现在，天气越来越热，项目部每天还给作业人员派发藿香正气水等防暑药品。想得周到，做得也周到。

"真好！"阿青心想。

再抬头，能看清那张熟悉的面孔了，虽然被晒得黑灿灿的，但一口白牙，看着很健康、很明朗、很亲很近……阿青扑哧一声笑了。

2022 年 9 月 23 日，广东省交通集团发布消息：深中通道伶仃洋大桥主缆索股完成架设，大桥建设取得突破性进展，接下来将转入紧缆、索夹和吊索安装阶段。

阿青和她的丈夫，马上就可以踏着平坦桥面，相聚伶仃洋了。

四、龙吟伶仃

在伶仃洋大桥施工现场，各个环节是同步推进的。

就像在空地上建个院落，盖房子、装门窗、贴瓷砖……并不耽误垒院墙、建大门、栽花种竹，不仅不会相互干扰，还可以交相辉映，相辅相成。

2022 年 7 月 19 日，伶仃洋大桥仍在有条不紊地架设索股，西锚碇的首片钢箱梁顺利完成了顶推作业。这是一次在开阔海域，超高支墩、超大跨径、超大吨位钢箱梁多点同步连续顶推施工，为大桥的合龙奠定了坚实基础。

此次作业的顺利完成，得益于又一架桥"神器"——"天一号"运架梁一体船。

这是由中国中铁大桥局研发并投入使用，国内首创的单体船型结构、全电力推进的海上架梁施工专用起重船，集取梁、运梁、架梁功能于一体，总长 93.4 米，宽 40 米，深 7 米，最大起吊重量为 3600 吨。

又是一个在深中通道建设中出现的"巨无霸"！

这次顶推的钢箱梁长约 86.5 米，重约 1200 吨。在施工现场，"天一号"将三片钢箱梁依次吊装至临时支墩上，经过中交二航局的建设者们调整线形、并将其焊接成整体后，再设置前、后导梁，采用步履式顶推设备，推至设计位置。

这绝对需要大团队作战。

制作单位、运输单位、吊装单位、测控单位、监理、设计、业主建设单位……至少 15 家通力合作，钢箱梁的安装才能实现目标要求。

如果说海底隧道是在水下"搭积木"，那么大桥钢箱梁安装就是在空中"搭积木"，并且，这些"积木"同样都是庞然大物——高 4 米，长 12.8 米，宽 49.7 米，重 300 多吨，此乃标配。

当然，在保利长大深中通道项目经理吴聪眼中，这些钢箱梁算不上太重。对于他这样看惯了"巨无霸"的建设者而言，几百吨不足以让他们惊讶。但是，不惊讶可以，却也不敢掉以轻心。

赶在2023年台风季到来之前，所有的钢箱梁必须安装到位，并完成彼此间的焊接，才能确保整体建设顺利。为此，他们不能浪费一点时间，唯有争分夺秒，才可能按计划在2023年4月底之前完成安装，制作单位才可能在6月底之前全部焊接完毕。

这是一场既要质量又要速度的争夺战。

争的是每分每秒，夺的是百年保障。

2022年11月9日，伶仃洋大桥西锚碇区域最后一节钢箱梁顶推到位，标志该区域六片钢箱梁顶推施工全部完成。

至此，伶仃洋大桥东、西锚碇区域，此项施工均已完成。

钢箱梁的安装施工，随即向伶仃洋大桥中部挺进。

2023年1月12日，中交二航局完成了伶仃洋大桥主跨东侧首件钢箱梁的架设施工；1月29日，经过三小时吊装，由保利长大承建的深中通道主跨西侧首件钢箱梁吊装完成。

伶仃洋大桥的结构主梁由213片钢箱梁组合而成，全桥钢箱梁总重约5.66万吨，用钢量相当于15座多的北京鸟巢。因钢箱梁节段具有超宽超大的特点，结构复杂，组装精度高，每一次吊装都极为考验建设者们。

为此，项目团队还研发建造了850吨"智慧缆索吊机"，内设智慧监控系统，有效提升钢箱梁吊装的精度和效率，保障吊装安全。

2023年4月28日，伶仃洋大桥合龙，距离深中通道项目建成通车更进了一步。

伶仃洋大桥合龙的那天，珠江口碧空如洗，水平如镜。在

2023 年 4 月 28 日，随着最后一片钢箱梁销接完成，庆祝的烟花随之燃起，深中通道伶仃洋大桥顺利合龙（明剑/摄）

施工现场的深中通道管理中心总工程师办公室主任刘健，内心却波澜起伏，久久无法平静。

当初，这一工程曾被国外一家著名的桥梁公司判了死刑。

为保证船只顺利通航，伶仃洋大桥桥面高达 90 米，且珠江口水域强台风频发，因此当中方咨询那家外国公司时，人家给予的答复是：传统的整体钢箱梁大桥，根本无法满足抗风安全要求，没法建设。

国外权威论断在前，各种声音纷至沓来，热油似乎要炸锅。

眼瞅着团雾阻路，深中通道"一号员工"宋神友，关键时刻定了乾坤："这是他们的断定，不是我们的，我觉得我们能行！"

像是看到了启明星，所有前进的脚步都有了方向。在宋神友牵头组织下，多个单位形成合力，潜心三年，研发了新型组合气动控制技术，攻克了台风频发区超大跨整体钢箱梁悬索桥灾变控制技术，将笼罩在人们头顶的迷雾彻底驱散。

回想过往的一次次攻关、一次次争论、一次次验证，回想起攻坚期人们焦灼的目光，作为见证者、参与者，刘健又怎能不心潮澎湃呢。

伶仃洋大桥上的钢箱梁安装，考验了建设者们的功力，其余非通航孔桥的钢箱梁安装，同样富有挑战性。

施工海域线路长，钢箱梁运输距离远、穿越航道多，取梁、运梁、架梁，哪个环节都需要特定潮位，施工受天气影响大，组织协调难度大，安全风险高……作为深中通道项目 S07 标段的施工方，中铁大桥局克服了重重困难，成立专门的架梁小组，倒排工期，设置了"一梁九表"的工序，将钢箱梁架设速度很快提升至约三天两片。

这是惊人的施工速度。

要知道，这些钢箱梁哪一片都不简单，最大的更是重达3180 吨，相当于 2000 辆小轿车的重量，顶部面积堪比 4 个标准篮球场。

2021 年 4 月，首片钢箱梁架设。

2022 年 5 月，架设最高的第 173 片。

同年 7 月 5 日，架设第 200 片。

……

2023 年 1 月 4 日，随着最后一片 110 米钢箱梁缓缓落在自己的"岗位"，深中通道海上非通航孔桥的最后一块"积木"，完成搭设。

至此，所有钢箱梁架设完毕。

越是超大体量、超大规模、超大团队施工，对技术细节的

2023 年 4 月 14 日，伶仃洋大桥钢箱梁吊装开始前，施工人员对缆载吊机进行抱箍紧固（缪晓剑／摄）

2023 年 4 月 14 日，伶仃洋大桥钢箱梁吊装，钢箱梁被平稳拉伸到设计标高，施工人员将吊索与梁段永久吊点通过销接进行连接（缪晓剑／摄）

把控越至关重要。

这一点，深中通道测控中心的周霁和他的同事们感受更深、更真切。涉及钢箱梁架设的每个数据，均是毫米级，如此才能保证精准安装、精准放样、精准测控。这些工作，需要周霁他们去完成。

建设一线，测控人员往往是最沉默、也是最忙碌的那群人。

大多数月份，粤地气温高，伶仃洋上温度更高，对于钢构件来说，白天测的数据是"假的"，没用，必须晚上测。黑白颠倒，成为周霁和同事张超等人早已习惯的工作状态。

热、潮、困、累也就罢了，还有危险埋伏在周围。

那天晚饭后，6点钟，周霁、张超等人准时登上一艘施工货船，前往测控现场。为了干快点，今晚他们多分了几组。人忙时间快。不知不觉，四周光线暗淡下来。夜幕下，眼看即将合龙的深中通道桥梁部分，犹如蜿蜒沉稳的一条巨龙，威风凛凛地横亘在伶仃洋上，有风吹过，桥体发出低低啸声，像是巨龙在沉吟。感受到这一幕时，人到中年的周霁，竟然孩童般痴迷住了，盯着一眼望不到头的大桥，陷入了良久的沉默。

但手中的工作没有停。

子夜时分，他们果真提前完成了今晚的工作。大伙虽然疲惫困倦，但心情都还不错，打着哈欠、开着玩笑上了船，准备往回返。一个多小时的航程，才走了不到半个小时，船长就把船停了下来。

"咋了？"周霁问。

"前面起雾了。"船长居然有些紧张。

"不能继续吗？"张超在旁边也问。

"咱们走的是小航道，万一偏航，就危险了。"船长解释说。

这条小航道，为东西走向，由原有航道改成，很窄。

有人用手中测量仪器朝四周看了看，果真，雾气越来越大，除了灰蒙蒙一片，什么也看不见。的确不能走了。

"起个大早，赶了个晚集……"有人打趣道。

"那可不是，我们是把集赶完了。"有人接话说。

说笑归说笑，船走不了，漫漫长夜，只能干耗了。这是货船，船舱很小，几个大男人只能坐着小塑料凳窝着。伶仃洋的海水涌啊涌，船晃啊晃，人困啊困，那滋味，还不如在工地上忙呢。

足足熬了一宿。次日清晨，日出东方，大雾散去，周霁等人才回到码头。

那一宿的疲倦感，周霁很快忘却了。但夜幕下深中通道桥梁部分长龙低吟的形象，却刀刻般留在了他的心中，且随着这一超级工程的渐渐完工，随着时日的不断延续，反而愈加清晰。

第十章

海天约定

深中通道的桥梁工程长 17.2 千米，包括伶仃洋大桥、中山大桥、引桥等。

中山大桥作为项目关键控制性工程之一，为主跨 580 米的双塔斜拉桥，主塔高 213.5 米，由 120 根斜拉索连接主塔与桥面。

当这座大桥以"海上竖琴"的曼妙身姿挺立珠江口后，伶仃洋大桥与中山大桥这对姐妹桥，终于以钢铁所蕴含的能量，将深圳与中山，将珠江口东岸和西岸，紧密地连成了一条最便捷的线，一条可以实现更大发展、更大繁荣的线。

血脉顺畅，暖流，自会四通八达。

一、坚硬追寻

不远处，那几束红灿灿的彩烟高高喷起时，57 岁的熊金海竟然模糊了视线。

莫非，年龄大了，阳光下眼睛更花？疑惑中，老熊抬手揉了揉，却发现有泪水挂在眼角。哦，真是年龄大了，很容易触景生情了。他笑了笑。明媚的光线下，黝黑脸上的皱纹如伶仃洋此刻的水面，漾起了浅浅的涟漪。

　　熊金海，湖北红安人，深中通道管理中心副总工程师，分管测量工作。

　　2018 年 4 月，港珠澳大桥完成主体工程验收后一个多月，熊金海就转移阵地，来到了深中通道建设项目，一干又是好几年。

　　现在，已是 2022 年的 6 月 28 日，熊金海正在参加中山大桥合龙的庆祝活动。现场，彩旗飘舞，彩烟袅袅，人们都很激动。老熊是性情中人，见不得这种感人场面，心跳会快，眼眶会湿，件件往事会像亮晶晶的飞鱼，一条条不停地在脑海中跳跃，拦都拦不住。

　　深中通道乃东隧西桥，需跨越伶仃洋三条主要航道，靠近中山的西段，以桥梁为主，自西向东依次为中山大桥、西非通航孔桥、伶仃洋大桥、东非通航孔桥。其中的中山大桥和伶仃洋大桥各跨越一条主要航道，并且通过万顷沙互通桥与广州南沙相连。

　　此刻，中山大桥合龙了，意味着深中通道距全线贯通又前进了一大步。见证了大桥蛟龙出海般从无到有，气势如此宏大，熊金海当然激动，是那种收获满满的激动，以至于将泪腺充溢得再也存不住泪水。

　　那就任它悄悄滑落吧。

　　男人的泪水，这样时刻，可落。

　　中山大桥为双塔斜拉桥，主跨长 580 米，设东、西两座主塔，单座主塔混凝土浇筑量约 4.2 万立方米，全桥斜拉索共 120 根、总重量约 1945 吨，采用 1960 兆帕的高强度锌铝合金镀层钢丝，由中交二公局深中通道 S06 标项目部承建。

　　就在刚刚，中山大桥最后一块"积木"——长 10 米、宽 46 米、重达 233 吨的合龙段钢箱梁，在经过数小时的调整、焊接后，

2022 年 6 月 28 日，深中通道中山大桥实现合龙（缪晓剑 / 摄）

与东西两侧已架设梁段连成一体。

而这个调整的过程，才是让熊金海记忆最深的时刻。

从始至终，从钢锚梁的检测验收、钢箱梁厂内检测、现场梁段吊装精调就位、龙口监测、合龙段的测量等等，熊金海和他的同事们为建设中山大桥提供了优质的测控服务，他们从不显山露水，他们总是默默无闻，他们是真正的幕后英雄。

幕后英雄，同样呕心沥血。

那是 2022 年 2 月下旬的一次钢箱梁吊装作业，因桥面吊机同步性出现问题，导致上、下游绝对标高及高差需要时刻监测，几位测量人显得格外忙碌。恰逢天空飘雨，桥面寒风凛冽，雨借风势，风助雨威，冷得很。水准联测又必须架低仪器，以避开吊机的遮挡。一轮又一轮，一遍又一遍，五轮之后，一个半小时在风雨中过去，而一直采取蹲着或者趴着的姿势测量，小伙子们浑身都僵住了，要缓很大一会儿才能直起腰来……但没有一个人喊苦叫累。

今天，中山大桥终于实现高精度合龙，过去通宵达旦的坚守、严谨务实的付出，在这一刻，都值了！

是啊，对于建设者而言，为的就是这一刻。

熊金海的激动，有人感同身受——老家秦皇岛市青龙县的马伟南，中铁山桥集团有限公司（简称中铁山桥）党群工作部部长。

2019年10月29日，中铁山桥与深中通道管理中心签订了钢箱梁制造合同。深中通道项目钢箱梁制造共三个标段，中铁山桥签订了G05标，包括中山大桥、60米浅滩区非通航孔桥、110米非通航孔桥、万顷沙互通立交匝道桥，钢结构总重约9.2万吨。

从这以后，像绑扎钢筋那样，中铁山桥和深中通道这一超级工程紧紧绑在了一起。

马伟南见证了同事们完成任务的全过程。

为克服人员不足、工期紧张等困难，中铁山桥引进了板单元智能组焊等五条生产线和车间制造执行智能管控系统，凭借智能化制造，助力大湾区融合发展。

钢箱梁要用到一种U型肋板材，过去，业内采用的焊接方式，无法做到双面焊，存在难以打磨干净、容易产生裂源等问题。

焊缝，往往不大，却是板材最薄弱的部位，就像鲁珀特之泪的玻璃尾巴，断裂、破碎、毁灭，总是因它而起。深中通道要建百年工程，涉及生命安全与湾区繁荣，对工程质量的要求必须严苛。中铁山桥根据桥梁专家提出的要求，与厂家共同研发了组焊一体机，实现了边组装边焊接，U型肋板单元全熔透，焊缝外观成形好，焊缝熔深稳定。

"这个熔透率，美国的桥梁标准是外部焊不低于85%，在深中通道，我们实现了100%……"事后，每当介绍这些情况时，马伟南总是声音高亢、眼里有光。

与钢铁打交道，既要有钢铁的坚与硬，又要有内在的韧与柔。

2021年的盛夏，马伟南见到同事王恒等人在现场施工的情形时，那种柔的心理，令他差点下令收工。

钢箱梁架设到位后，中铁山桥要负责环接、焊接。当时，钢箱梁顶面尚未铺设桥面沥青，全是裸露的钢板。太阳足的时候，顶面比水泥地可吸热多了，感觉不仅可以煎鸡蛋，甚至可以煎牛排。那是个午后，气温正高，马伟南因事上了施工一线，脚刚刚踏上钢箱梁，一股胶皮味儿就钻进了鼻子。马伟南还有短暂的诧异，心想桥上又没通电，怎会有电线烧焦的味儿呢？但脚下传上来的热，很快使他明白过来。抬脚一看，鞋子的胶底被烫得正在融化，往起一抬，都能粘得拉丝儿。

再看王恒等人，仍一丝不苟地检查工人的焊接质量，仿佛环境的热与他们无关。

走近了再看，每个人都汗流浃背，脸晒得又黑又红，工装上汗渍一圈套着一圈……

热气，仍在从四面八方朝人们扑来，马伟南感觉头上的安全帽都成了烧饼炉子。他想喊上一嗓子，让大家等凉快些再干，话已经顶着热气蹿到喉咙，又硬生生咽了回去。

工期紧张，自己劝了也白搭，大家都想早点完工，早点让深中通道贯通啊。想到这里，马伟南，这个北方大汉，竟有了要落泪的感觉。他的脑海中，忽然冒出一首老歌：

> 我们为了创造美，汗水湿衣背，
> 假如你要怕吃苦，美将要引退。
> 美在那青青的山，美在绿绿的水，美在那云雾里和你
> 来相会。
> ……
> 我们为了寻求美，排成一条队，
> 满怀希望和理想，向着朝阳，迎着晨风……

心怀梦想，日子会过得充实、迅捷。

转眼到了 2023 年 1 月 19 日，农历腊月二十八，再过一天，就是年三十了。在这个空气都弥漫着年的香甜气息的日子，深中通道的中山大桥上，却一派繁忙。

热气腾腾的摊铺机，四平八稳的压路机，往来穿梭的运输车，粗略一看就有几十台，现场的工人和管理人员更是达到一百大几十人——若是换了服装道具，热闹程度堪比庙会。

哦，这里当然不是庙会，而是中山大桥正在进行钢桥面铺装。

这项施工，被业界定义为路面工程的"皇冠上的明珠"。在光滑的钢板上摊铺沥青，就像在玻璃表面铺筑橡皮泥，既要兼顾层间粘结、抗剪，还要确保行车功能及耐久性……其复杂程度，远超普通混凝土沥青路面施工，在工艺控制、要素管控、施工组织管理等各方面的衔接和关联性，均需要精益求精。

而深中通道采用的工艺标准和要求，其施工难度更高。

钢桥面喷砂除锈、环氧富锌漆、两层环氧树脂黏结层、EA10 铺装上下层……六道工序五大结构层，厚度仅为 6.5 厘米；

摊铺速度每分钟 3 米，压路机碾压速度必须控制在每小时 2.88 千米；必须严格做好控油控水，绝对不能产生早期病害。

只有这样，才能摊铺出耐久性好、行车舒适度高的钢桥路面。

春节马上来临，长假、团聚……已在前面招手。保利长大深中通道项目 S15 合同段项目部却更忙了，放假期间也不停工——他们负责深中通道全线路面的铺装。而这项施工，必须在旱季结束前完成。对管理方和一线建设者而言，分秒必争成为日常。

为抢抓施工的黄金期，春节期间，将有 400 多名路面施工人员工作在一线。

2023 年 2 月 13 日，深中通道中山大桥主桥左幅钢桥面实施铺装施工（缪晓剑 / 摄）

　　令人赞叹的是，有这么一家六口，都将在深中通道项目上过大年，其中的父亲与儿子，正在中山大桥桥面铺装现场——黑又瘦的耿玉明与他那黑又壮的儿子耿康。父亲戴着红色安全帽，敏捷干练，人群中很是显眼；儿子戴着黄色安全帽，积极肯干，一丝不苟坚守自己的岗位。

　　他们，都在为深中通道，为中山大桥而辛勤劳作，倾情奉献。

　　这一天，他们又刷新了一项世界纪录：钢桥面热拌环氧沥青单日铺装面积达到 22300 平方米以上，相当于 53 个篮球场大小！

　　向着深中通道正式通车，耿玉明们又扎实地迈进了一大步。

　　……

　　2023 年 3 月 12 日下午，广东交通集团发布消息，国家重大工程深中通道的中山大桥钢桥面铺装顺利完成。

二、动力之源

　　完成一个超级工程，最关键的是什么？

　　当然是人！当然是建设者！

　　是无数的他们，用双手、智慧、毅力与决心，在这个伟大时代，创造出一个又一个从"零"开始的奇迹！

　　深中通道尤其如此，正是一万多名建设者夜以继日的艰辛付出，才成就了这一大国工程。而支持建设者们前行的，不仅有家国情怀，不仅有奉献精神，更有深中通道项目管理方无微不至的精神与物质保障。

　　铺装桥面的耿玉明、耿康父子，之所以能在建设一线倾情奉献，一家人还能在项目部开开心心过大年，在于管理者早给工友们准备了丰富的过年"节目"——为建设者们送上腊味、猪肉、海鲜、干货，大年三十组织一起包饺子、一起做桌丰盛的团年饭、一起看春晚，若是想来点美味小烧烤，食材早已准备齐全……项目部还会适时开展新春游园活动，现场设置小游戏、食品区，送上丰富礼品的同时，还能为留守人员营造家的温暖，让工友们边保障工程建设，边过上一个健康年、温馨年、开心年。

有了这些前提，几年来，项目部非常欢迎工友的家属也来中山，跟亲人一起过大年。

那还是在2021年的春节，尽管有新冠疫情的影响，但深中通道各个关键施工点均没停工，3000多名建设者选择了坚守建设一线。

这是一种集体奉献。

深中通道项目做到了双向奔赴。

在鼓励工友们留粤过年的同时，管理方积极帮助异地务工人员更好地了解各地防疫政策，对来自低风险地区的人员倡导就地过年，提倡非必要不出行，且主动联合中山市人民医院南朗分院，安排医护人员到施工现场为建设者们进行核酸检测，培训防疫消毒、卫生防护，让所有留守工友安安心心、踏踏实实地搞建设。

在中山这一端的工区，深中通道管理中心联合中山市总工会，热热闹闹地开展起"情暖农民工·留中山过年"新春慰问活动，将1000多份大礼包送到了工友们手中，还积极开展送画册、送游戏、送电影等系列活动，营造节日氛围。在伶仃洋大桥海上施工平台，有广东省的书画名家坐船前往，吹着海风，现场给工友们写春联、送福字。一张张热情洋溢的笑脸，一缕缕饱含深情的墨香，让孤悬伶仃洋的海上平台不再冷清，让建设者们感受到了尊重与关爱，干起活来，浑身充满力量。

为什么春雨贵如油？

只因它能润物于无声。

深中通道项目不仅将关爱送给一线的建设者们，那些远在故乡的家属们，同样被"电"了一个又一个波次——一封封包裹着粤地气息的感谢信，化身一只只可爱的信鸽，飞越万水千山，扑棱棱飞进每一位建设者的家中，将一份份来自深中通道的新春祝福，献给家属们，感谢他们对建设者的理解和支持……

这些，皆是澎湃的动力源。

2022 年 5 月 1 日，一个美国人来到深中通道项目，走进伶仃洋大桥建设现场，进行了一次很"自媒体"的探访。他，便是定居中山、性格开朗的美籍教师大力。这个"老外"来的目的，是想以外国人的视角，亲自探访一下参与建设的工人以及他们工作、生活的环境，向世界展示一番中国超级工程的建设过程。

当然是朋友来，深中通道敞开热情的怀抱。

有意思的是，与工地上的工友们相比，大力这个"老外"比较怕晒，走到哪儿都戴着一副"酷炫"的大墨镜，这越发使他远远的就能被认出来，很是吸引眼球。大力乘船来到伶仃洋大桥西主塔施工平台后，先是在工人宿舍区逛了一圈。得知有近千名工友常驻海上施工平台，他感到很惊讶，也很关心该如何解决工人们生病的问题。

"为此，我们专门建起了'健康驿站'。"陪同的工作人员介绍说。

事出当然有因。

由于施工点在海上，建设者们的工作条件很是艰苦，夏天太阳晒、海水蒸，冬天海风吹、细雨淋，且大多一个月才换一次班，其间出现一些头疼脑热等小毛病，只能自己胡乱吃药顶一顶。为了解决工友们看病难的问题，项目部会不定期邀请医生来施工平台义诊，但并未形成常态化的诊疗机制。

这件事，成了深中通道管理中心党委的"心头病"。

有"病"就要治。

2021年12月2日，管理中心党委联合中山市人民医院南朗分院党总支部，携手在海上成立了一家"移动医疗门诊"——深中通道海上"健康驿站"正式启用，解决了一线建设者的医疗需求。

这次，大力走进"驿站"时，来自南朗分院的徐医生正在给一位工友量血压。屋里的光线没那么刺目了，大力忙摘下了墨镜。彼此打过招呼后，各自忙各自的。大力注意到，包括自动体外除颤仪（AED）在内，"健康驿站"的常用药品和医疗器械很齐备，完全可以满足工友们日常的医疗需要。

大力不禁赞不绝口。

这之后，他又乘坐主塔电梯上了猫道，在世界上最高的海上猫道欣赏了一番伶仃洋美景后，回到海上平台，参观了餐厅、乒乓球室，又和几位休息的工友来了场篮球友谊赛。当结束采访，乘船往岸上返时，望着浩浩汤汤的伶仃洋，望着从海中巍然而起的超级工程，善言的他，陷入了短暂的沉默，似乎明白了很多很多。

中国人被称为"基建狂魔"，绝不是仅会搞基建这么简单。

深中通道项目，将工程人做事的严谨、高效、有序、安全提上了一个新高度。世界上没有啥比生命更宝贵，为了切实保障每一位建设者的生命安全，管理方可谓把安全工作做到了

深中通道的桥梁部分像一条巨龙一样，蜿蜒盘旋于伶仃洋上（缪晓剑／摄）

极致。

　　针对不同施工阶段面临的安全生产工作重点、难点，项目成立了培训中心，对建设者们有针对性地设置了仿真安全、劳保防护，以及消防、电气、起重安全等系列安全体验、实操和演习，还有安全急救知识的学习、消防模拟体验以及平衡木体验、洞口坠落体验等。所有培训内容，均从项目实际出发，从保障建设者安全出发，形成了一套完整的培训流程。

　　光有培训内容还不行，还要有意思，让人记忆深刻。

　　多媒体动画安全教育、VR互动体验、真人实操等，多种培训方式纷纷上马，极大提高了工友们的学习兴趣，效果十分明显。

深中通道还有一件"利器"。

拥有这件"利器"，可以劈山开海，所向披靡。这就是在工程建设中，发挥党员先锋模范作用，带头攻坚"啃硬骨头"。

深中通道管理中心岛隧工程管理部的副部长、现场工程师杨福林，就是这"利器"之一。

那年，从港珠澳大桥转战深中通道后，杨福林主动请缨，提出入驻珠海桂山岛沉管隧道预制厂，紧盯现场建设情况，遇到问题及时处理，用专业、专心、专注，发挥自身作用。这期间，为了实现管节沉放安装的节点目标，完善沉放前置工序，杨福林做了大量工作。

预制厂的智能化改造，二次舾装区改造，沉管自密实混凝土浇筑、一次舾装、二次舾装，以及疏浚作业等，处处留下了他忙碌的身影。

什么样的人，追寻什么样的魂。

桂山岛不仅有文天祥的雕像，还有桂山舰烈士陵园。桂山岛原是叫垃圾尾岛，解放战争期间，这里曾发生过异常激烈的抢滩登陆战。1950 年 5 月 25 日凌晨，人民解放军的舰艇从珠海唐家湾出发，抵达吊藤湾，"桂山"号抢滩登陆垃圾尾岛，与国民党军队展开殊死争夺，解放万山群岛的战役正式打响⋯⋯万山海战是人民解放军陆、海军首次协同作战。经过 71 天的鏖战，大小万山、外伶仃岛、担杆列岛等 45 座岛屿全部解放。

战斗结束后，为纪念"桂山"号的战绩，广东省人民政府将垃圾尾岛改名为"桂山岛"。

桂山岛上，有"桂山"号英雄登陆点遗址，以及桂山舰烈士纪念碑。一次，来这里瞻仰时，杨福林似乎受到了某种启迪，汲取了某种力量。回到工作岗位后没多久，他提交了入党申请书，主动向党组织靠拢。在接下来的日子，他积极向身边的优秀党员同志学习。在加强党的理论学习的同时，杨福林也深知自己目前从事的工作，也是一场艰难的战斗。为此，他利用一切机会，像海绵吸水那样，吸收各方面的专业知识，不断提升知识技能水平，为做好本职工作，服务深中通道建设，做出了自己应有的贡献。

2021 年，杨福林被接收为中共预备党员。

又一年，转为了正式党员。

在深中通道项目，像杨福林这样的党员模范，形成一股股势不可挡的钢铁洪流，带头攻坚，带头"啃硬骨头"，带头清除施工中的"拦路虎"，成为超级工程不竭的动力源泉。

三、铁面判官

在深中通道项目，还有一支很特别的队伍。

他们既不绑扎钢筋，也不浇筑水泥，但每个施工现场都能见到。他们来时，人们会不由自主严谨起来；他们走时，望着他们的背影，施工管理者的表情会很复杂——他们是一群看上去"不讨喜"的人，但对于工程质量而言，却又至关重要。

他们就是工程监理。

深中通道项目是个备受瞩目的超级工程，建设者们频繁出现在媒体镜头中，工程监理人却并不被外界所熟知，好像他们隐藏在了钢筋水泥的后面。不过，中铁武汉大桥工程咨询监理有限公司深中通道 JL1 标总监办总监邢长利认为：

这种状态，对于他们这些监理人而言，恰恰是最好的工作状态。能够让他们潜下心来，认认真真做好工程质量的监督管理。

邢长利，1973 年出生于黑龙江省齐齐哈尔市，典型的北方汉子，却与粤地结下了不解之缘。早在 1993 年，他从武汉铁路桥梁学校毕业，参加工作没多久，就随公司来到了珠海，后来，又带队承接了港珠澳大桥岛隧工程的监理工作。2017 年，港珠澳大桥项目收尾，他们又承接了深中通道项目……人生匆匆，过半的岁月，邢长利都是在广东度过的。

深中通道是超级工程，邢长利他们就是"质量卫士"。

老邢的办公室在中山市翠亨新区，人却很少出现在办公室里，大部分时间都是泡在工地上。他当然知道自己和同事们干的就是得罪人的工作——到处给人家挑毛病，不行就给人家开罚单嘛，怎么会受欢迎呢？

"我们监理团队，是要带领施工单位一起创建'平安百年品质工程'的，质量安全必须是道红线！"邢长利认为这一点没得商量、没有模糊地带。行就行，不行就不行，若是顾及这个考虑那个，最后受损的是整体，是整个工程。

那还是 1999 年，曾发生过一起施工进程中桥梁突然垮塌的严重事故，当时在社会上造成很不好的影响。最后经调查，发现竟然是设计上就存在缺陷。这件事，给年轻的邢长利留下深刻的记忆，从此经常提醒自己，要化别人的教训为自己的经验，万不可在工作中掉以轻心。

工程建设无小事。

作为施工全过程的第三方，邢长利他们对工程建设的质量、安全、制度等等，几乎每一项都会进行规范、监督，为深中通道建设珠江口百年门户工程，打下了坚实的基础。细细想来，这个基础是由一张张面孔铺就的，那是一张张有着铁一般态度的面孔。

超级工程就像一台结构极为复杂的机器，哪怕你维护得再仔细，也难免会有某个部位出现问题，这个时刻，非常考验人的紧急处理能力。

一个小小的偏差，若不及时纠正，极可能造成无法挽回的后果。

2022年的夏季，天气一天比一天热，深中通道的各项建设也进入了热火朝天的推进阶段。这天中午，邢长利的手机突然接到报警电话：东人工岛吹砂填筑过程，被严格保护的广深沿江高速某一桥墩，发生10毫米以上的变形，桥墩上安装的监控系统报警！

熟悉这条高速的人，都清楚沿江高速对广州和深圳的意义，何况高速上还车来车往！

东人工岛的建设，是围绕广深高速41组桥墩承台进行的，按施工要求，填砂作业时桥墩的变形不能超过5毫米，此刻却超出1倍！

邢长利等人顿时心急如焚，一边急急忙忙往现场赶，一边打电话询问事故原因。

原来，吹填砂时，有工人着急撤离运输船，就把1000立方米的砂在桥墩一侧一次性卸下，造成桥墩两侧受力不对称，从而出现偏移。

这是一次典型的违规操作。

顶着毒日头赶到现场，邢长利等人连急带热，脸上的汗珠子"噼里啪啦"往下摔，却顾不得抹一把，立即再次核实数据，果真，就是偏了。

此刻，应急抢险小组已经成立，管理中心的领导、岛隧部的部长、项目部的专家……众人齐聚事发现场，均如临大敌，一脸焦灼。

问大桥的设计方，答：应该问题不大，还有设计余量。

但邢长利等人不敢掉以轻心，很快形成决策：立即卸载！

效果立竿见影，随着偏载被一点点解除，桥墩的偏移也在一点点纠正，最后只剩下 5 毫米的偏移了。

怎么办？

有人提议，偏移既然往回走了，能不能再从反方向去压一下，看看会不会继续回来……

方案提出，就等邢长利等人拍板了。其实，谁心里都没底。万一不管用，或者压过了头呢？

但该做的决定必须做。

"反向压的时候，要加强监测，采用袋子装砂的方式，一袋袋加载，避免荷载过大，将桥墩压向另一方向。"邢长利的话一出口，得到众人的支持。

很快，方案得到了落实。经过反方向慢慢加载，桥墩逐渐回到了原位。虽然没有造成什么严重后果，但为了警醒大家，确保工程质量，切实为深中通道负责，现场组织施工的项目副经理仍被开除了。

这之后，东人工岛的建设过程，形成一个新的制度——一日一会。以前，是一周一会，大家觉得很正常，但现在，每天下午要收班时，建设单位、监理、施工单位、监测单位……要共同开个会，各自通报工作事项，汇总每天的工作情况。开始还有人不适应，嫌麻烦，但渐渐就达成了共识。深中通道要建设百年门户工程，质量就是生命，现场施工必须严格按照施工方案执行，不能有半点侥幸心理。

谨慎，是工程人成功的前提，更是监理人做事的前提。

虽然在南方生活了近半辈子，但邢长利仍是东北人脾气，爽快、真诚、倔强。在他看来，法律法规、行业规范，是监理工作的底线、红线，碰不得，模糊不得。监理建设方施工组织时，他们审查很严格。

某项工程，你投入多少人力、物力，能不能满足需求，可不可行？你使用的物资，符不符合要求，质量过不过关？都要刨根问底。

不行的话，想让他签字，门儿都没有！

该当黑脸汉时，邢长利绝对是个铁打的黑脸汉，这当然会得罪人。

在开除东人工岛那位项目副经理之前，早在2018年的12月，邢长利就曾坚定地要求撤换过一个项目经理。这位经理，跟邢长利是老相识，还在港珠澳大桥建设期间，两人就有了多次交集。这位项目经理对深中通道的建设也是有贡献的，但就是自身格局不够。

事情的起因，是为了工程材料的选用。

某项工程，在做试验的时候，用了一种叫粉煤灰的原材料，是火力发电的副产品，可以用作水泥、砂浆、混凝土的掺合料。为了确保工程质量，试验时，这种粉煤灰使用的是一级品，监理方也向施工方提出了要求，但在实际操作中，这位项目经理想将一级品换成二级品。

他认为，二级灰跟一级灰差不了多少，完全够用。

邢长利不这么认为，他就坚持一点：以试验为基础，按规定来。

然而，这个项目经理还是我行我素，执意给粉煤灰降级，且拿着报表来找邢长利签字。

"老兄，帮我把字签了吧……"项目经理说。

邢长利拿过报表仔细看了看，摇了摇头，"你现在做的这个事情，我不能签字。"他直言不讳。

"这没什么变化嘛！"项目经理有点急了，解释说："老邢，你不要认死理好吗？"

"我们从来不会去降低标准。"邢长利缓缓道。

"……"项目经理再三央求，见邢长利不为所动，最终愤愤地起身走了。

过后没多久，邢长利再次去检查该项目经理的用料问题，发现照旧。为了避免发生不好的后果，他果断将此事汇报给了管理中心。很快，该项目换了经理。

明知自己彻底将这个项目经理得罪了，但邢长利并不后悔，他认为，在事关全局的大是大非面前，监理人必须有"任尔东南西北风，我自岿然不动"的强大心理，否则，你就做不好监理工作。

监理做不了老好人。

邢长利是个善于总结的人。在他看来，合格的监理人，起码要做到以下几点：坚持。就拿深中通道项目来说，他们共有五个点，所有点跑一趟，最少需要三天时间，那么多状况，那么多人和物，需要做大量的数据追踪，不能坚持肯定不行；上限。一定要做最好的，要以建设交通强国的标准去做事，比如钢筋保护层厚度测点合格率不得小于90%，但他们要求达到95%的合格率；格局。监理人做事，不是为了哪个人，是为了工作……监理是个大团队，没有格局，只能请你离开。

邢长利是这么说的，也是这么做的。就是这么个铁板一块的人，却有着一颗温柔细腻的心，他始终有个心愿，期待早日实现：

中山大桥犹如跃出水面的海上"竖琴"（缪晓剑／摄）

"正式通车前，我想带着团队开车走一趟深中通道全程，24千米，中山至深圳，再从深圳机场坐飞机回武汉……"

这时的邢长利，满眼柔情。

四、点亮深中

等了这么久，画龙点睛的最后一笔，终于落下。

2023年11月28日，上午10时许。深中通道海底隧道内，最后一方压仓混凝土浇筑完成，标志着海底隧道实现贯通，也意味着深中通道全线贯通，昂首迈向2024年通车的收尾工程阶段。

这一刻，34岁的山东潍坊小伙儿赵广文，像听到冲锋号的战士，浑身每一块肌肉都充满能量，随时可以向目标冲锋了。虽然看上去很年轻，像个在读的大学生，但天津科技大学毕业的赵广文，如今已是深中通道项目机电一标项目部总工程师了。

之所以他更激动，是因为赵广文知道，随着深中通道的全线贯通，所有机电工程要立即全面推进，属于他和所有机电建设者的战斗将全面打响。目前，东、西人工岛的管理用房、排水泵房、风变电站，以及排水、电缆管沟等附属设施，绿化、岛上道路等，皆在紧锣密鼓地施工中，伶仃洋大桥钢桥面铺装也已开始，而海底隧道合龙后，隧道内的通风系统、照明系统，都需要争分夺秒地建设……

超级工程，全民所盼。

赵广文没理由懈怠，唯有全力以赴。

他所在的公司，深中通道项目JD1合同段的承建单位，中铁十二局集团电气化工程有限公司（简称中铁十二局电气化公司）也开足马力，并结合项目策划了一个"大干100天"的劳动竞赛活动，定计划、设节点、做动员、列考核，全流程推进施工进展。

从那天起，赵广文像一台油门踩到底的汽车发动机，全负荷运转起来。

在赵广文看来，JD1合同段所包含的通风、消防、给排水、部分监控通信系统安装，以及系统集成软件开发业务，对于深中通道项目而言，简直太重要了。如果将建筑比作人的身体，那么主体建筑就是人的骨架，装饰装修就像人的外衣，而机电设备则是人的心脏、大脑、血管和神经，没有这些设备，再宏伟的通道也无法运转起来。

一想到这些，赵广文就会感到骄傲和自豪，至于忙累，就不算什么了。

一个人，一辈子，能为这样的超级工程忙碌，是幸运，更是幸福。

时间哦，一下子觉得紧张了。

2024 年 2 月 8 日，第二天就是大年三十了，伶仃洋中，深中通道的海底隧道内，仍一片忙碌景象。现场 500 名建设者的大脑中，已经打下了深深的"思想钢印"——今年春节不停工！

赵广文当然更没有假期。事实上，他早做好准备，根本没考虑"放假"这两个字。

此时的沉管隧道内，机电设施安装、路面沥青铺装……多项工作都在紧张忙碌且有条不紊地推进着，建设者们忙碌的身影像一个个无声的音符，在阔大的隧道空间内跳动着、行进着，奏出一曲宏大的劳动乐章。赵广文看着这一切，觉得自己也变成了一个跳跃的音符，走起路来，脚步都是轻盈的，似乎海底的地心引力也变小了。

长达 6.8 千米的沉管隧道内，已构成一幅人间奋斗图。

在隧道两侧，巡检机器人已经上岗，技术人员正在逐一进行调试。赵文广从他们身边经过时，视线不由自主停留了片刻。这种机器人，隧道内共设置了 14 台，它们像忠诚的卫士，以每秒 2.6 米的速度，在隧道内值守，将来一旦发生事故，它们可以每秒 8 米的运行速度赶到事故点，通过摄像头检测现场环境，通过扬声器疏散人群车流……

哦，发展变化的速度，真是迅猛。

赵广文知道，深中通道通车后，智慧化交通将是基本的运营模式。将来，面对庞大的车流，依靠智慧交通智能运维平台，能够做到事故快速发现处置、预判拥堵、快速引流疏导……若是发生火灾事故，探测器能第一时间把报警信息反馈至门户平台，平台随即弹出报警弹窗和语音报警，显示事故所在位置信息，为管理人员提供最精准的一手信息，从而做出最准确的判断与处置。

这些功能的实现，正是赵文广和他的同事们目前在做的事。

他认为，现在，再忙也是值得的。

深中通道全线通车的日子已翘首可见，JD1 合同段的人们在忙，JD2 合同段的人们同样干得如火如荼。

珠海人林润欢，深中通道交安项目经理，早就处于这种忙碌状态了。2023 年的 10 月中旬以后，他们就已陆续上了 200 多名工人，开始进行前期的排查。因深中通道隧道沉管以及箱梁均是钢壳的，安装交通安全设施的位置都有预留，林润欢他们要逐一确定是否有偏差，若有，需要安装转接件。这是一项看似简单，其实十分繁琐、超级乏味、很是累人的工作。

林润欢等人却干得十分投入。

每当跟人谈起自己在深中通道从事的工作时，毕业于广东工业大学交通工程专业的他，眼睛里会灼灼有光，是那种自信的、自豪的光。

现在，他和他的同事们，主要负责深中通道交通安全设施的安装。这项工作，是为将来的司乘人员保驾护航的，是守护人们生命的，他们不能也不允许自己粗心大意。深中通道在建设的过程中，像东人工岛的排水系统、西人工岛的排烟系统、海底隧道的恒压管道……诸多涉及通道安全运营的基础设施，都已建设到位或预留位置，而像隧道中将要安装的消防栓、泡沫水喷淋灭火系统等，则需要机电人一一安装到位。

就拿这个喷淋系统来说吧，隧道内，设计为 20 米一个设备，可以远程操控，将来管理人员在监视器前，打开开关，隧道内指定的这个喷头就必须有泡沫水喷出来……都是考验人的耐心与责任心的繁琐的建设任务。

和赵广文一样，林润欢他们也做好了这个准备。

建设者们忙得热火朝天，两岸的深圳市与中山市，年的味道却早已汇聚成氤氲气团，将城市的角角落落浸泡起来。伶仃洋上，碧波万里，有从岸边朝深中通道桥梁段飞来的海鸟，叫声也比往日欢快、清脆了许多。

如此氛围，容易令人懈怠。

这时，一辆路政的工作车，从中山市翠亨新区马鞍岛的深中通道入口上了桥，一路走走停停，到中山大桥后，再次停下。从车上下来一个戴着白色安全帽、身着制服的年轻人，却是一脸严肃。他，是来自广东茂名的张小汶，一名路政人员。

未雨绸缪，这是深中通道项目管理方的一贯思维。

随着通道作业面上各种施工车辆越来越多，交叉作业导致的安全管控压力越来越大，同时也为了尽快熟悉道路路口及各种设施设备，确保全线通车后能迅速进入安全、高效、通畅的营运状态，早在2023年的6月，深中通道就已开始筹备路政工作，且陆续安排人员到位。

现阶段，张小汶最重要的工作，是为安全生产保驾护航。

近几个月，他和同事始终在做着同一件事，每天至少两次，从通道中山端上桥，经中山大桥、伶仃洋大桥、西人工岛……一路向东，沿着深中通道的路面，做细致的施工作业面巡查，督促施工人员做好安全措施，穿戴好安全设备。年三十也好、大年初一也罢，只要仍有施工人员作业，张小汶他们就会跟工友们一起坚守岗位。

这是责任，更是热爱。

所有为深中通道的建设挥洒过智慧与汗水的人们，内心都有这种爱存在——对伶仃洋的爱，对粤地的爱，对每一寸水域、每一寸国土的爱。

这种爱，筑造了深中通道这一雄伟工程，使其精神抖擞地跨立在伶仃洋上，将珠江口东西两岸紧紧连接在一起，再现天堑变通途的奇迹。

这种爱，会像明亮的灯火，点亮深中通道，点亮珠江口东西两岸，点亮粤港澳大湾区。

2024年的这个春节，将是深中通道通车前的最后一个春节。当大年二十九这天的夜幕完全降临珠江口时，赵广文、林润欢、张小汶等建设者们才拖着疲惫的身躯，各自返回休息地。或许，工作性质不同，他们并不知道彼此的姓名，但他们有着同一个响亮的名字：

建设者。

这些平凡而伟大的建设者们，正分别乘车行驶在深中通道的钢铁长桥上。突然，从西人工岛的位置，有一朵灿烂的烟花腾空而起，在苍穹中绽放出美丽的绚烂花朵，似乎点亮了整个夜空。伶仃洋那宽阔的水面上，也随之闪烁出斑斓的光。

哦，大美珠江口！

哦，最美大湾区！

尾 章

海风拂面

2023 年 8 月，为一睹深中通道的风采，我应邀来到中山。

抵达后的第二天，乘坐网约车，我前往深圳端的东人工岛。开车的师傅姓黄，"广普"不错，沟通起来毫无障碍，且别有韵味。黄师傅是个百事通，天底下好像没他不知道的事儿，从中山市内到东人工岛，近两个小时的车程，几乎都是他在说，我在听。

黄师傅说中山的历史，说到孙中山，说到先生的故居，说到翠亨新区，说到南朗，又跳跃式地直奔眼前的虎门大桥，于是又说到了虎门销烟，说到了林则徐。当我想插话时，他却话题一转，说起了文天祥，还声音高亢地给我背诵起来："惶恐滩头说惶恐，零丁洋里叹零丁——这个'零丁'，就是那个'伶仃'啦！"

说罢，他特意腾出一只手来，指了指车窗外。

我扭头向南望去，但见伶仃之水浩浩汤汤、波光滟滟，水天一线处，有船只影影绰绰，似游如飞。

黄师傅的健谈，使我暂时陷入遐想状态，脑海中各种念头、情绪糅杂一团，理不出个层次来，索性只听不说。直到抵达目的地，跟黄师傅道别后，与迎上前来的东人工岛项目执行经理刘坤握了手，我才恢复常态。

谁承想，真正的震撼才刚刚开始。

　　这种震撼，来自东人工岛海底隧道内的那种阔大，来自每个细节都散发出的现代工业文明的那种气息，来自创造这一奇迹的那些建设者们……而当我清楚自己仅是站在沉管隧道的一个管廊内时，这种震撼就变成了双倍。

　　这一瞬间，我仿佛听到，从海底隧道的最深处传来了歌声。

　　那是由中华民族上下五千年淬炼出来的人类文明的大合唱，是对生命的赞歌，对创造的赞歌，对未来的赞歌……

　　又一天，我从中山马鞍岛端上了深中通道，一路朝西人工岛而来。

　　过中山大桥时，我就感觉已似在半空穿行了，可当伶仃洋大桥那高达 90 层楼高的主塔以及那些粗壮的悬索出现在眼前时，我才知道，什么是"一览众山小"。彼时，大桥仍有细节需要施工，海风吹拂中，建设者们仍三五成群地各自忙碌着，每个人都很专注。

　　征得同意后，我走向桥边，探身如孩子抱大树那样，抱了抱眼前的一根悬索——它岿然不动，带着金属特有的冰冷质感，我却从中感受到了温度。我想，该是它在熔炉中吸纳的热量，此刻传给我了吧？

　　大桥宏伟，美轮美奂。

　　于是我笑了，真的变成一个单纯的孩子。

　　让我回归成年人情绪的地方，是在西人工岛的岛头端。这里，硕大的扭王字块防波堤将岛壁牢牢守护起来，岛端与海底隧道连接处，一块块大石组成队列，整齐地向伶仃洋深处铺去，最终消失在清澈的海水中。而这里，是整个岛眺望深圳的最佳位置。

　　突然想，若是文天祥、林则徐、孙中山几位大先生，此刻能看到这一幕的话，会做何感想呢？

　　世间神奇，世事更神奇。

亿万年前，大地开裂，形成了珠江口，有了伶仃洋。如今，中国人用自己的智慧与汗水，凭空筑造出一条钢铁长龙，将撕裂的大地重新连成整体，使粤港澳大湾区愈加血脉通畅，筋强骨壮。

若大先生们在天俯瞰的话，定会露出欣慰的笑。

远处，一艘高大的货船从海底隧道的上方缓缓驶过，几只海鸥围着它飞啊飞，有一只竟朝我这个方向飞来，甚至能听到它的叫声。一股海风同时而至，裹挟着伶仃洋的味道，拂在我的脸上，使我瞬间湿了眼眶。

我知道，自己喜欢上了这个地方，喜欢上了这座奇迹般的人工岛屿。

情不自禁地，脑海中闪现出一个人来。工作原因，虽未谋面，却似故交。在深中通道项目，所到之处，人们都会提起他。看过关于他的视频资料后，他那儒雅、睿智、果断的形象，也就刻在了我的心中，随着时日的延续，愈加清晰。

于是，几个月后的 2024 年 1 月 19 日，得知"国家工程师奖"表彰大会在人民大会堂举行，宋神友被授予"国家卓越工程师"荣誉称号时，我也感到了骄傲。所有参与深中通道建设的人们，都会如此吧。是他们，从无到有，创造了这一人间奇迹。

骄傲，自豪，幸福，都该属于他们。

此刻，本书最后一个字即将敲定时，俄乌冲突、巴以冲突还在持续，也门、叙利亚、索马里……那么多国家、地区，硝烟弥漫、战火频仍，无数人逃离家园、颠沛流离。

这一刻，愈发感到祖国的伟大。

这是无数先烈为我们打下的江山，这是无数建设者为我们创造的家园。

吾辈珍惜！

后记

深中通道，东端起自中国改革开放最前沿的深圳浅海，西端落在孙中山先生的家门口，中间横跨文天祥口中悲壮的伶仃洋。

只要想一想这条通道的历史背景和现实意义，便会让人浮想联翩，感慨万千。

通车后，深圳到中山，将由原来的一个半小时变为20分钟！

对于粤港澳大湾区而言，深中通道解锁的，不只是时间，而是深度融通。

意义越重大，过程越艰难。

规模宏大的深中通道，需攻克无数世界级技术挑战。然而，"深中人"不畏艰难，迎难而上，克服了一个又一个难点，创造了一个又一个奇迹，涌现出一批又一批的典型人物。这正是"大国工匠"的楷模，这正是当下最精彩的中国故事。

这是一个奇迹，也是一个神话，但这首先是一个事实。

几年来，我曾几度深入采访，积累了大量一线素材。在创作过程中，我力图扎根于深中通道建设的方方面面，站在人类文明和国家战略的高度，深度书写项目建设中的英雄谱和多元的现实意义。

英雄来自凡人，凡人诞生英雄。他们可敬可爱的形象，可歌可泣的事迹，定会在伶仃洋宽阔的水面上，激起动人的浪花。

我愿踏着这一朵朵浪花，走进中山，走进我的梦想——创作一部真正具有历史意义和人类意义的《孙中山正传》。

谨为后记。

李春雷

2024 年 5 月 6 日